JN048119
11
ようこそ実力至上主義の教室へ2年生編
Welcome to the Classroom of the Second-year
衣笠彰梧×
トモセシュンサク

伊吹を下がらせ今度は堀北が目の前に立つ。
「いつでも始めてくれ」
「そのつもりよ」
一呼吸置くかとも思ったが、
そんな様子はなく
すぐに動き出した。

「早いな」

まだ予定の時刻まで少しあったが、
もう待機しているとは。

「おはよう綾小路くん」

「おはよう。朝早くに悪いな」

「別にいいのよ。

それで私に話って何かしら？

電話では伝え辛いこと？」

坂柳《さかやなぎ》有《あり》栖《す》

龍園《りゅうえん》翔《かける》

11
ようこそ実力至上主義の教室へ2年生編
Welcome to the Classroom of the Second-year

ようこそ
実力至上主義の教室へ
2年生編11

衣笠彰梧

MF文庫J

ようこそ実力至上主義の教室へ2年生編 11

Welcome to the Classroom of the Second-year

contents

山村美紀の独白 P011

見え隠れの二者面談 P014

交流合宿 P052

堀北からのお願いと綾小路からのお願い P131

奇妙な違和感 P155

見張る者、見張られる者 P178

静かな決着 P226

寝静まった夜 P260

踏み出す勇気 P282

挑戦者は誰だ P300

口絵・本文イラスト：トモセシュンサク

○山村美紀《やまむらみき》の独白

私は、気が付けば1人だった。
特別誰かに嫌われていたわけじゃない。
誰の目にも留まらなかっただけ。
影が薄くて、存在感がない。
好きになってもらう以前に、嫌ってもらうことも出来なかった。
だからずっと独りだった。
幼稚園も小学校も中学校もそう。
友達らしい友達はいなくて、1人の時間が多かった。

人と話す能力を養うことが出来ず、空気であり続けた。

高校生になってからもそれは変わらない。

でもそれでいいと思っていた。

それが自分の良《い》いところなんだと、無理やり言い聞かせるように……。

大人になっても独り、静かに生きていけばいいと思っていた。

それでも——私は確かにココに存在している。

「……やっぱり……坂柳《さかやなぎ》さんに負けは、似合わない、と思います……」

「伝えてみてもいいんじゃないか。誰にもおまえの行動を非難する権利なんてない」

心の中に染み込む、この感覚、感情は何？

分からない。

分からなかった。

ただ知らなかった。

——この日までは。

○見え隠れの二者面談

生存と脱落の特別試験が終わってから、ほんの少しだけ月日が流れた。

神室《かむろ》が新たな退学者となったことは、坂柳《さかやなぎ》に近い立場だったこともあって2年生に驚きを与えたものの、神室には元々他クラスに親しい間柄の生徒がいなかったこともあり、その影響はそれほど長くは続かなかった。

だがそれだけが要因じゃない。慣れの影響も無視できないだろう。

仲間が欠けていく痛みに対して、だんだんと鈍感になりつつある。

2月に入るとすぐに予告されていた二者面談の日付と詳細が通達された。

5日間にわたって、1人当たり15分を目途に話し合うとのこと。面談に必要な時間は午後の授業を自習にすることと放課後を活用することで確保され、随時生徒が別室に呼ばれ行われる形式。

教室の窓から見た外の景色は、太陽が沈むため大きく傾き始めている。

今日は、もう5日目の最終日、その最後の枠に割り当てられたオレの二者面談の日だ。

教室で待機していたところ、携帯に先生から進路相談室に来るように指示を受けたので、すぐに向かうことにする。校内にはほとんど生徒は残っておらず、時折擦れ違うのは部活帰りの生徒くらいなものだった。

　進路相談室の前に到着したオレは、手を軽く握りこんで指の第一関節を使い、軽く3回叩《たた》いて中に合図を送る。当然だが、茶柱《ちゃばしら》先生から入室を許可する声が届いた。

「失礼します」

　一声掛けてから静かに扉を開くと、席についてタブレットに指先を這《は》わせる先生の姿が目に留まった。

「来たか。ここに座ってくれ」

　少しだけこちらに視線をやった後、そう言って再びタブレットに目線を落とす。

「忙しそうですね」

「担任としてはこの時期、嫌でも忙しくなる。とは言え今日で二者面談も終わりと思えば少しは気分も楽になるが。変わり者2人を最後に回しておいたのは正解だった」

　そう答えた後、座るように指示されたので机を挟んだ向かいの空席に座った。

「2人の変わり者……ですか」

「なんだ、高円寺《こうえんじ》と同列に扱われたことがショックなのか？」

「何も思わないと言えば嘘《うそ》になりますね」

　答えると、茶柱先生は少しだけ笑った後にタブレットを机に置く。

「高円寺の方が変わり者だと？　まあ、そう思いたくなる気持ちも分からなくはないが、

「私にしてみればそれほど大差はないな。おまえも十分変わり者だ」

教師目線ではそう思われてしまっているようだ。

否定したい気持ちがないわけじゃないが、ここは堪《こら》えて聞き流すことにした。

「さて。生徒1人1人と話す機会はそう多くない。進路について話をする前に学校生活について聞いておこうか。何か学校側に改善してほしい点などがあれば聞かせてほしい」

「特にありませんね。個人としては満足してます」

「そうか。友人関係で悩みを抱えていたり、相談しておきたいことは？」

「ありません」

迷わず立て続けに返すと、茶柱《ちゃばしら》先生は苦笑いをちょっとだけ見せた。

「大抵の生徒は1つや2つ意見を出すか、あるいは無くても考える素振りくらいは見せるものだ。遠慮している……訳ではないと思うが」

想像より早いこちらの回答に少しだけ困惑したようだったが仕方がない。

「実際に不満がないので」

「もし要望があったなら、多分遠慮せず伝えるだけでも伝えていただろう。

「まあ、そういうことなら構わないが。……本当に何もないんだな？」

担任教師としての心配が前に出てきたのか、再三にわたって確認をしてくる。

「ないですよ。学校生活には満足していますしトラブルも特には」

「なるほど……なら、それはとても良《い》いことだ」

どこか心配を隠し切れていない様子だったが、ひとまずは生徒の言葉を信じることにしたようだ。その旨をタブレットに打ち込んでいく。

「茶柱《ちゃばしら》先生も随分変わりましたね」

自分でも合点がいくことだと感じたのだろうか、ため息とともに苦笑いを見せた。

「変わったつもりはない。ただ、以前よりは素直になれたと言うべきかもしれないな」

自らも学生の時に体験した満場一致特別試験。

そして今度は教師として体験した満場一致特別試験。

二度の経験によって得たもの失ったもの。

入学当初、目の前の先生が笑う姿を想像すらできなかったのも今では懐かしい。

「……こほん。ともかくだ。今後も、何か学校生活の上で気になることがあれば遠慮せず伝えてほしい」

「分かりました」

ハッキリと答えると、前座となる話が僅かな時間で終わり、今回の二者面談の本題に入っていく。

「進学と就職のどちらを希望しているのか、考えが固まっていれば教えて欲しい」

高校生にとって、その分岐点は人生の大きなターニングポイントだ。

だからこそ教師は生徒が迷わないように正しい道を示してやらなければならない。

とは言え、オレに関しては茶柱先生の期待に応えられないだろう。

「進路に関しては親族がどうするかを判断し決めることになると思います。この場で話し合うことは何もないかと」

「親族が決める。つまり父親の意見に従うということか？」

オレの母親が不在であることは、学校のデータでも分かっていることだ。

「はい」

「なるほど。珍しいケースではあるが親の意向を優先する生徒もいないわけじゃない。だが大抵は進学させるか就職させるかを事前に伝えているものだ。この学校でも保護者からの連絡は常に受け付けているし、実際に親の考えを子供に伝えているケースも多々ある。が、おまえの家族からは今のところ、進学や就職についての相談は何も受けていない」

確かに普通なら、親に従うとしても方向性は定めていなければおかしいからな。

だが進学も就職もしないオレには、その通達は不要。

しかし、茶柱先生にその事情まで読むことは不可能だ。

「問題ないかと」

「問題ないと言うが……仮に進学を望むなら望むで、もう動き出さなければいけない頃だ。志望大学のレベルに合った受験への取り組みを――」

呆《あき》れたように話し出した茶柱《ちゃばしら》先生だが、言葉を止める。

そして姿勢を正し、目を合わせてきた。

「私はおまえの過去について詳しく知っているわけじゃない。それを以前知っているように見せかけて利用しようとしたことは悪かったと思っている。しかし、今は担任教師として受け持った生徒の実力はしっかりと把握しておきたい。それが私の職務だ」

「分かります。それを妨害する気はありません」

タブレットの画面は反射してよく見えないが、生徒1人1人の入力すべき項目が空白では学校に提出した際、責めを負うのは茶柱先生だからな。

それと学校によるのだろうが、生徒の進路が実現するかどうか、高いレベルの大学や就職先に進ませられたか、それが教師の成績や評価に繋《つな》がっている場合もある。

「では聞かせてくれ。仮に親御さんが進学を望む場合、おまえにはそれに応えられるだけの実力が備わっていると判断して構わないのか？」

どう答えたところで、未来は何も変わらない。

しかしオレのような不純物のせいで無意味に評価を下げさせるのは酷というもの。

どうせなら少しでも茶柱先生に実りのある回答をしておくのがベストだろう。

「どの大学でも合格できると思います」

「……そうか。普通ならバカげた発言だと注意するところだが、おまえの言うことなのだからきっと本当なんだろう。それだけは私にも分かる」

否定することなく受け止めた茶柱先生はこう続けた。

「相当な英才教育を受けたようだな。迷わず断言出来るほどの頭があるなら、普段からもっとクラスに貢献して欲しいと思ってしまうが……それは今回は不問にしておこう」

今話したことをタブレットに打ち込み終わり、茶柱先生が顔を上げる。

「現在の状況は理解できた。だが綾小路《あやのこうじ》、おまえ自身の意見は？　親御さんの意向を汲《く》むことは承知の上で、自分の中に目指したい将来のビジョンはないのか？」

「ないですね。あったところで、生憎《あいにく》とオレには決定権がありませんから」

それに関しては、時間をかけるだけ無意味な議論だ。

「すまない。不躾《ぶしつけ》な質問だったかも知れないな」

「気にしていません。実際、夢や希望を今のところは持っていないだけです。この先、何か目指したいものが見つかれば相談することにします」

「分かった。ではあくまでも今の段階では親御さんに従うと。なら三者面談は3学期終了後の春休みに行われる。その時に正式に進路を決めるということでいいんだな？」

「そうですね」

とはいえ親を交えた三者面談は実現しないだろう。

精々、あの男の使いがやってきて中身の無い会話をするだけなのが目に見えている。

ホワイトルームに関係する話題を口にするはずもないからな。

「綾小路《あやのこうじ》との三者面談は今のところ4月1日を予定している。久しぶりにお父さんに会うんだ。必要なら時間も多めに取ることも可能だ。進路について遠慮なく話す良《い》い機会と考えて欲しい」

まるでオレの親が来ることを信じて疑わないような発言。

いや、実際にそういうことになっているのか？

「……1つよろしいですか」

まさかと思いながらも、それは確かめておくべき価値があると思い質問する。

「ん？」

「オレの父親が来るんですか？　誰か別の、代理の者ではなく」

こちらの意図が汲《く》み取《と》れないためか不思議そうにしつつも、茶柱《ちゃばしら》先生が頷《うなず》く。

「ああ。そう伺っている」

「まさか――――三者面談の提案なんて即日断りを入れてきたのでは？」

よく分からないといった顔をしつつも、茶柱先生は程なくして一部理解も示す。

「確かに最初に三者面談のことをメールで伝えた際には、多忙を理由に代理の人間を向かわせる意向だとの返答が来た。そういう意味じゃおまえの発言は合っている。だが先日、その前提のまま三者面談の具体的な日取りを伝えたところ、状況が変わったようだ」

念のためかタブレットで再確認しつつ、言葉を続ける。

「電話が私のところにかかってきて、お父さんが直接伺うとの返答を受けている。実際に私が本人から聞かされたことなので間違いない」

「……それはまた」

どういう風の吹き回しなのか。あの男は簡単に前言を撤回したりしない。少なくともオレたちホワイトルーム生に対してはそうだった。この学校で会うことはないと言い切ったのに、わざわざ三者面談に出向いてくる？

最初は断っていたらしいことから、オレが想像していた通りの展開だったはず。ところが一転して、自ら来る意思を伝えたと？

そこに裏を考えるなという方が無理がある。

「父親から電話がとのことですが、具体的にはどんな話をしたんですか」

「どんな？　取り立てて深い話は何もしていない。代理人を立てていたが、時間の都合が付いたので三者面談に立ち会うと。ただ、万が一にも渡されたスケジュールに少しでも変更が入る場合は、必ず伝えてほしいと。これは多忙な親御さんなら珍しいことではないだろう？」

「そうですね」

普通に考えれば三者面談に立ち会う時間など取れなかったが、決まったスケジュールを見てそこなら都合が付くと判断し学校側に連絡を入れた、ととれる。

流れとしては分かりやすくおかしな点はない。

「ただ……あぁいや、これは伝えるようなことでもないか」

何かを言いかけたが茶柱《ちゃばしら》先生は続きを止めてしまう。

「ただ、なんですか？」

少しでもヒントが欲しいオレはその言葉の続きを要求する。

「大したことじゃない。だが、少し変わっているなとは思った。通常スケジュールが変われば連絡が欲しいと思うのは当然だが、それは基本的に自分の子供の面談日時に変更があった場合に限るはずだ。しかしおまえのお父さんは今渡しているクラス全体のスケジュールに僅かでも変更点があったら必ず連絡をと言っていた」

「例えば別日の関係ないクラスメイトの面談が入れ替わるなどしても、ですか？」

「そういうことだ。やや神経質だとは思ったが、伝えるだけなら不都合はないからな」

だから茶柱先生としては深くは気に留めず承諾したと。

しかしあの男に意図があって三者面談に参加するとしたら、理由はそこにある。

「もし良ければ、三者面談のスケジュール表を見せてもらえませんか」

「スケジュール表を？　——まあ、そうだな。これは見せても問題ないだろう」

タブレットを操作して、茶柱先生がこちらに画面を向けてきた。

「クラス全員の三者面談のスケジュールリストだ。基本的には二者面談と同じ構成にしている。つまり綾小路《あやのこうじ》は最後の予定だ」

3月26日、28日、30日、4月1日。

合計4日間に分けて行われる三者面談。そのスケジュール。

茶柱先生が言ったようにオレの名前は1日の最後、午後5時に記載されていた。

「見ても特別なことは何もないぞ。もう構わないか？」

「はい、ありがとうございます」

茶柱先生はこちらに向けていたタブレットの画面を自分に戻す。

「親子関係で神経質になるなとは言わない。詳しい関係は私の知るところじゃないが、自分の子が可愛《かわい》くない親などいないんだ。何だかんだ放っておけないと思ったんだろう」

「そうかも知れませんね」

ここで茶柱先生とあの男の思考について議論しても意味はないためそう答えておく。

だが実際、そんな理由で三者面談に姿を見せることは考えられない。

他人に任せておけず、自らの手で退学を狙うことにしたのか？

だとしても直接乗り込むのが無駄なことは、既に前回学んでいるはず。

どんな目的をもって三者面談に応じることにしたのか、今はまだ分からないが。

1

謎の残る二者面談を終えたオレは、暗くなる前に寮へと帰りつきエレベーターに乗り込む。今日は午後7時から恵《けい》と夕食の予定が入っている。

なので、後1時間ほどで準備を進めて用意しておかなければならない。

まずは部屋に戻って手を洗ってから——頭で細かな予定を組み立てながら到着したエレベーターから降りると……。

「よう。随分と帰りが遅かったな綾小路《あやのこうじ》」

オレの部屋の玄関のドアに背を預けて珍しい人物が待っていた。

坂柳《さかやなぎ》クラスの生徒、橋本正義《はしもとまさよし》だ。待ちくたびれたというように、軽く膝を叩《たた》く。

「1人で上がって来たところを見るとデートじゃなかったみたいだな」

閉まっていくエレベーターが無人であることを確認して、聞いてくる。

「今日は二者面談の日だったんだ、それで遅くなった」

「おっとそうか……その可能性を考慮してなかったぜ。話があるんだが時間いいか？」

自身の把握漏れを反省しつつも待っていた理由を切り出してきた。

「立ち話って感じでもなさそうだな」

「正解だ。その辺配慮してくれるとこっちとしては助かるんだけどな」

ならその意図を汲《く》まないわけにもいかないだろう。

「オレの部屋でもいいなら上がってくれ」

夕食を作る時間が削られそうだが、多少なら対応は可能だ。

それ以外に拒否する理由も見当たらないので、橋本を招き入れることにした。

「悪いな」

「話は聞いてやれるが、過度なもてなしは期待しないでくれよ」

「今の俺にはそれだけでありがたいのさ」

自嘲するように薄ら笑い、鍵をシリンダーに差し込むオレの背中を軽く叩いた。

扉を開ける際、オレは一瞬だけ非常階段の方へと視線を向ける。

こちらを監視している、そんな気配を感じたが橋本も承知なのか、あるいは認知していないのかの判断は難しい。ひとまずこの場は気にせず中に入った。

「お邪魔します。……おぉ、流石《さすが》に彼女持ちの部屋は一味違うな」

室内に足を踏み入れるなり、周囲に散見される恵の痕跡に口笛を吹く。

「ベッド、座っても？　と、そりゃ流石に不味《まず》いか？」

「不味い？　別に好きにしてくれていい」

それならと橋本は断りを入れつつも、ゆっくりとベッドに腰を下ろす。

橋本は他人のベッドに座ることに遠慮があるのか。気にするんだな。

「それで？　どういった内容なんだ？」

「割とヘヴィな話さ。俺は自分の身の振り方で悩んでる。その相談に乗ってもらいたい」

回り道することなく本題を切り出したようだが、早々引っかかりを覚える。

とは言え一言目から口を挟むのも野暮《やぼ》なのでもう少し泳がせてみることに。

「身の振り方――とは？」

「もう耳には挟んでるんじゃないか？　神室《かむろ》ちゃん退学の原因が何なのか」

「軽い噂《うわさ》は聞こえてきてる。誰かが特別試験で龍園《りゅうえん》と繋《つな》がって情報を流した。結果Aクラスは最下位に沈んでしまったと」

「ご明察。あの試験は情報が筒抜けになると途端に勝ち目はないしな」

橋本《はしもと》の言うように敗北の決定打になったのは情報リークによる裏切りが原因だ。

リーク者がいなければ、Aクラスの最下位は避けられた可能性が高い。

「真っ先に疑われたのが俺さ。今や連日、クラスの色んな奴《やつ》から白い目で見られてる」

実際のところクラス内だけには留《とど》まらない。

それほどに自分のクラスを裏切るという行為は衝撃であり脅威でもあるからだ。

「正直に言えばそんな声も耳にした。今の状況に同情する」

今のところ裏切ったのは橋本という声が一番大きいのは事実だ。

龍園と接触し密約を交わしていたのではないか、と。

過去にも何度か怪しい動きを見せていた経緯を踏まえれば当然の流れとも言える。

しかし確実な証拠があったとの話は聞こえていない。

現状は消去法によって、橋本ではないのか、とされている段階だ。

「これも仕方ないと諦めるしかないのか？　日頃の自分の行いのせいだと」

「泣き寝入りが嫌なら無実だと行動に出て訴えることも出来る」

「どうかな。疑わしきは罰せずなんて言うが、世の中はその逆だと俺は思ってる。疑われてる状況で下手に声を挙げれば、むしろ疑いはより濃くなる。根拠もなしに頭の中で犯人だと決めつけてる連中は嘆きの訴えすら疑ってかかるのさ」

まさにエコーチェンバー現象という奴だな。似た意見を持った生徒たちが集まることでそれが正解だと勘違いする。閉鎖的なこの学校ではその傾向は特に高まりやすい。

厄介なことに、この現象は犯人ではないという決定的な証拠を出せない限り、橋本本人にはどうすることも出来ないことだ。

「正解かもな。沈黙を選んで」

「だろ？」

明確に違うと否定する材料を持たない以上、口を開いたところで状況は変わらない。

むしろ下手な発言は余計に疑いを生むだけかも知れないな。

「泣けるぜ」

わざと目頭を押さえる素振りを見せたところで、オレは声をかける。

「前置きはそれくらいでいいんじゃないか？　橋本《はしもと》が坂柳《さかやなぎ》を裏切った理由は？」

その言葉を受け止めた橋本の動きがピタリと止まると、目頭を押さえていた指先がゆっくりと離れる。

「おいおい、ちょっとは溜《た》めさせてくれよ。可哀想《かわいそう》な自分を演じたのが馬鹿みたいだろ」

「時間の無駄だと思ったんだ。もう時間も遅いし、出来れば早めに夕食の準備をしたい」

この後恵《けい》が部屋に来ることは伏せた上でそう伝える。

「んだよ、彼女と会う約束でもあるのか？」

「そんなところだ」

「何がそんなところだ、だ。俺との友情は女よりも厚くあれよ」

「悪いが約束の順番が違う以上無理な相談だな。それに厚い友情だった記憶がない」

事実を事実として伝えると橋本は両手をベッドについて息をつく。

「ま、おまえが冷静に状況を理解してるならいいか。今はその方が好都合だ」

一度区切った後、すぐに核心部分に触れる。

「どうして坂柳を裏切ったと思う？」

答えを聞く前に考えてみてくれと、橋本から問題が出される。

「そこまでは分からないな。多額のプライベートポイントを見返りに貰《もら》うくらいしか思いつかない」

大衆が思い描くストーリーをそのまま口にする。

ただ、それが裏切りに値するほどのものかは懐疑的だ。

確かに坂柳に土はつけたが、たった一度。しかも失ったクラスポイントは100。

神室《かむろ》という側近ポジションが退学したのは大きいものの、それは副産物でしかなく、交渉段階、報酬に含まれていた可能性は低い。

50万か100万か。それ以上だとしてもクラスを裏切る代償としては安すぎる。

「俺が聞きたいのは誰でも思いつく答えじゃなく、綾小路《あやのこうじ》の意見なんだけどな」

こちらが真剣に答えていないことなど橋本は百も承知らしい。

「悪いが意見を述べる気になれないんだ」

「は？　なんでだよ。俺とおまえには何の関係もないからか？」

「そうじゃない。おまえが真剣に話をしていないからだ」

「あ？　俺は真面目に相談してるぜ？　必死に助かる方法を探ってるんだよ」

「もし本気でそう言っているなら手遅れだ」

「手遅れって……」

「自分の身の振り方を決められずに迷っているような人間は最初からクラスを裏切らない」

坂柳に弓を引くということは、大将の首を狙うも同然の行為。

その場の空気で動くのではなくその後の対応も全て決めた上で決断するものだ。

「なるほど、な。確かに身の振り方を相談ってのは間抜けな発言か……」

話し合いが始まってすぐにオレが感じた引っかかりだ。

橋本《はしもと》は悪かったと繰り返し謝罪してから、改めて仕切り直し話を始める。

「俺が坂柳《さかやなぎ》を裏切った理由はおまえの存在があったからだよ綾小路《あやのこうじ》。どうしてもAクラスにおまえを引き抜くために、坂柳を説得しようとしたことがきっかけさ」

「説得？　とても説得とは言えない。単なるクラスを巻き込んだ自傷行為だ」

「面白い表現だな。ま、大体合ってるわけだが」

笑いながら答えている橋本だが、余裕があるのかないのか。

心情を悟られないようあえて隠している振る舞いを感じる。

こちらに弱みを見せたくないということだろう。

真実を含んだ話を聞かせつつも、やはり内側には幾つも秘密を隠している節がある。

「疑問は増えるばかりだ。そもそもオレなんかと天秤《てんびん》にかけた上で坂柳を裏切る？　他の生徒が聞いたら理解できなくて頭を抱える話だと思わないか？」

「頭を抱える奴《やつ》は無能ってことさ。もうこの状況で謙遜なんて要らないだろ。俺は俺なりに人一倍動いて情報を集めて一番凄《すご》いのがおまえだと確信してるんだ。必要なら一から説明したっていいが、おまえが惜しんでる時間を無駄にすることになるぜ」

「否定しても納得はしそうにないな」

「しないね。おまえは1人でクラスの順位をひっくり返せるだけの実力がある。だから坂柳におまえを獲《と》らないなら次も裏切ると脅したのさ。聞き入れてくれれば綾小路はAクラスに来て盤石。勝利の方程式の完成だ」

強く拳を握る橋本だが、余りにも無謀で現実味が無さすぎる。

「言っちゃ悪いが夢物語が過ぎる。仮に橋本の思い描いている能力がオレにあったとしても、坂柳を敵に回していたら意味がない。それに以前勧誘された時、確かに前向きに検討するとは言ったが正式に行くと言った覚えはない」

確約も取らず独断専行、明らかに先走り過ぎだ。

「なら、もし移籍を実現させてもAクラスには来ないと？」

「現状はそうとしか言えないだろ。坂柳と対立するのは真っ平ごめんだしな」

当然に思ったことを伝えると、橋本はショックを受けたものの『やっぱりそうだよな』と呟《つぶや》く。

「イエスの返事が一番良かったが、まあそうだよな。簡単にはいかないか」

そう答える様子が落ち着いていたことからも、オレがAクラスを選択しない可能性も十分考慮していたということか。

だとすればこの裏切りは一体、何のためなのか。

現状持ち合わせている情報から明確に推理することは難しい。

「なあ、俺ってそんなに裏切りそうに見えるか？　坂柳《さかやなぎ》にも真っ先に疑われてたんだ」

「そういうキャラだろ」

「少しは擁護しろって……なんてな。こっちから仕掛けたこととはいえ正面から宣戦布告を受けた。普通に考えりゃ万に一つも俺に勝ち目はないよな」

坂柳は神室《かむろ》を切り捨ててしまった後悔を持ちつつ、その原因となった裏切り者に対する想《おも》いは当人が考えている以上に強いだろうからな。

「けどな、今回の裏切りは俺だけが悪いのか？　俺はAクラスで卒業するために今できる最善の方法を教えたつもりだ。聞き入れないから強硬策に出ただけ。どこに非がある？」

「開き直りだな。ただ——おまえの直感は間違ってない。確かに現有戦力のまま坂柳の下で命令に従い続けているだけで、この先もAクラスでいられる保証はどこにもない」

現実問題としてクラスポイントの差は徐々に縮まってきている。

「だよな」

「だが大きな過ちも同時に犯している」

「坂柳を敵に回したことだろ？」

「正解だが間違いだ。坂柳を敵に回すことが悪いことじゃない。坂柳を敵に回しても勝てる保証がないのに行動したことが間違いだったということ。勝てる見込みが薄いのなら別の方法を取るべきだった」

「俺なりに考えたさ。だがこれしかないと結論付けたんだ」

「おまえの中で計算して導き出した答えだ。それが正解だとは言い切れない」

そのことを橋本《はしもと》は否定せずこの先を想像する。

「取り返しは付かないよなぁ。だとしたら、このまま俺は坂柳に食われると思うか？」

「そうなるだろうな。それが嫌なら残された選択肢は、坂柳に勝つことだけだ」

「俺が戦って坂柳に勝てると思うか？」

「一応の確認だが、おまえにとって坂柳を倒すとは退学させることでいいのか？」

頷《うなず》く橋本。つまり和解の道はない。だとしたら答えは1つだ。

「どれだけ贔屓目《ひいきめ》に見ても、分が悪すぎるだろうな。今後の特別試験次第だから何とも言えないが、坂柳はある意味で今は龍園《りゅうえん》よりもおまえを退学させたいと思っているはずだ。極端な話が、もしおまえが一矢報いて坂柳を退学に追い込んだとしても、刺し違える覚悟で道連れにされることだってある」

そうなれば裏切った橋本という厄介な存在を龍園も受け入れずに済み、同時に強敵を葬り去ることも出来るため、龍園にとっては一石二鳥だ。

いや、そもそも刺し違える覚悟を持っていても坂柳を倒すのは難しい。

坂柳と橋本の間には、現時点で判断する限り圧倒的な戦力差がある。

相手は一枚も二枚も橋本《はしもと》より上手で、プロテクトポイントまで有している。

つまり倒すには二度刺さなければならない。

それに今の橋本は、坂柳《さかやなぎ》と戦うことだけを考えている。

しかしそれは甘い考えだ。

勝負が決着すれば、問題は一気に解消されると信じたい気持ちは分かる。

だが、坂柳を倒せたとしてもそれは始まりに過ぎない。

崩壊するクラスの立て直し。復讐《ふくしゅう》に来る者。問題は次々と溢《あふ》れ出《で》て来るだろう。

オレが仲間になる確証もなく、坂柳相手に不利になると分かっていて裏切った。

これをおかしな行動と言わずして何と言うのか。

「この話し合いで見えた橋本の欠点は、人を信用しないことにある」

全てを語らず、そして自分で判断して行動している。

成功している時はいいが、失敗しそうな時に頼れる相手を一切持っていない。

「否定はしないさ。けど龍園《りゅうえん》や坂柳だってそうだろ。他人なんて信用しちゃいない」

「信用せずとも戦えるだけの実力を個人で身につけているからな」

「そこに話が戻るわけだな」

橋本は先を見通す力がないわけじゃない。

オレを敵にした状態では、いずれ負けることを肌で感じ取った。

そこまでは悪くない。だが、これまでも、そしてこれからも、1人で考え1人で結論を出し続けていく。他人を信用できない弊害が生んだこと。

もしも橋本に心から信用できる人間が複数いれば、今の状況も少しはマシだったのかも知れない。

「何の勝算もなく坂柳に反旗を翻したと思って欲しくないな。そこまで愚かじゃない」

自分なりに勝算があってのことだと、橋本は呟《つぶや》く。

聞かせてもらおうと耳を傾けたが、こちらを見るばかりで続きを話そうとはしない。

「――この先を聞いてもらう前に、綾小路《あやのこうじ》にどうしても確認したいことがある」

そうして、橋本はある質問をぶつけてきた。

何故《なぜ》、あのタイミングで坂柳を裏切り大きな賭けに出ることにしたのか。

その話を切り出すための質問を。

2

橋本との話し合いは予想以上に時間がかかってしまったようだ。

「悪いな。この後は軽井沢《かるいざわ》が来るんだろ？　長々と話を聞いてもらいすぎたな」

「仕方ない。途中で切り上げるような内容でもなかったんだ」

「有意義な時間になったって解釈していいよな？」

肯定を込めて頷《うなず》くと橋本《はしもと》も呼応するように頷き返してきた。

その顔は浮き沈みを見せていた先ほどとは違い、少し晴れやかでもあった。

溜《た》め込《こ》んできたものを吐き出したといった様子だ。

オレはそんな橋本を見送るついでに、そのまま外に出ることを決める。

「今日はコンビニで夕飯を買う」

エレベーターの呼び出しボタンを押そうとした橋本にそう伝えると、上階のボタンに触れる前に指を止め、すぐに階下ボタンの方を押した。

「なら、俺も付き合っていいか？　もちろんこれ以上重たい話は一切無しで、だ」

当然だが、橋本も随分と疲れ切った様子。

手軽に済ませたい気持ちを汲《く》み、一緒にコンビニに向かうことを決めた。

エレベーターに乗り込んでロビーへと降りる。

すると丁度帰宅したタイミングと思われる、橋本のクラスメイト森下《もりした》と鉢合わせした。

「偶然、ですね綾小路清隆《あやのこうじきよたか》」

「偶然、だな」

人間関係の変化を感じる瞬間だ。

2年間の学校生活の中で森下と擦れ違ったケースは何度もあった。

いつどこで擦れ違おうと気にも留めなかったのに、今では顔を合わせると互いに足を止め自然と会話が始まる。

「それから裏切り者の橋本正義《まさよし》も偶然ですね」

「お、おいおい出会い頭になんつー言い方を。勘弁してくれよ」

「失礼。まだ断定するに至る証拠は見つかっていないんでした。謹んで訂正致します」

発言を訂正されても、そう思われているという事実は変えられない。

実際に裏切り者ではあるわけだが、同席しているのがある意味オレで良かったと橋本も思っているだろう。

「綾小路清隆は驚かないんですね」

「もうとっくに噂《うわさ》になってることだしな。それにAクラスの当事者たちと違って真相にそれほど強い興味もない」

「そうですか。てっきり裏切り者から相談でも受けたからだと」

思っていること、勘繰っていることをズバズバと言い、容赦なくこちらを突いてくる。

その度胸に感服していると橋本が割って入って来た。

「やめろって。俺を裏切り者だと疑うのはいいが、姫さんが指示を出してない中で、部外者は巻き込まない方がいいぜ」

と、裏切り者とは思えない堂々とした言い回しで森下を止める。

「そうかも知れませんね。ところでもうすぐ夜です。これからどこに行くんですか？」

森下《もりした》はこれ以上橋本《はしもと》を無理に相手しようとはせず、その質問をオレに対してぶつけてきた。

「今からコンビニだ。晩御飯の買出しに行く」

「俺もだ」

「橋本正義《まさよし》には聞いていませんが、なるほど。しかし綾小路清隆《あやのこうじきよたか》は基本的に自炊をする人間だと思っていましたが——誰かと話し込んで遅くなったのでしょうか？」

最近は特に自炊の割合は高いが、どこで仕入れてきた情報なんだろうか。

森下の疑いは強くなっている一方のようで、わざとらしく疑問を口にする。

「綾小路とはエレベーターで一緒になっただけさ。二者面談で遅くなったらしいぜ」

面倒なことを聞かれても困ると思ったのか、橋本が軽くあしらうようにそう答える。

ところが森下は逆に疑いの目を余計濃くしたようだった。

「それはおかしいですね。綾小路清隆の二者面談の終了時刻はとっくに過ぎているはず。どうやら今日は随分と2人で話し込んだようですね」

堀北《ほりきた》クラスの内情を調べていたのか、橋本も知らなかったことをよく把握している。

適当に流そうとしたことが仇《あだ》となったか。

「いや、だから俺は関係ないって。綾小路がどうしてたかなんてさっぱりなんだからな」

「しかし4階でエレベーターに乗り込む時から一緒のようでしたが？」

逃げ道を塞ぐようにそう言い視線を軽くエレベーターのモニターへとやった。

「ちっ、見られてたのか……」

「他の人ならそれほど気にしないかも知れませんが、見られた相手が悪かったですね」

参った様子で橋本が苦笑いを浮かべる。

だがこの鉢合わせに動揺、慌てている様子ではなかった。

「トレイターとしての立ち回りですか？」

「あ？　なんだよ、トレイターって」

「裏切り者って意味だ」

意味を教えると、がっくりきたように橋本は両肩をオーバーに落とす。

「勘弁してくれよ森下、それとは完全に別件だ」

「どんな別件ですか」

「それは言えないな。野郎同士でしか喋《しゃべ》れないことも色々ある。なあ？」

同意を求められたので、ここは合わせておく。

「性の違いなら深追いできないと。追及から逃げるには楽な方法ですね」

「何を言ってもダメだこりゃ」

お手上げだと肩を竦《すく》める橋本。

ついさっき話していたように、口を開くほどに疑われてしまう状況だ。

「まあいいです。それよりコンビニに私も同行していいですか」

「そりゃ別にいいけどさ、何か用があるわけ？」

「はい。きっとあるはずです、行けば思いつくはずです」

自ら用がないことを暴露しているが、こっちに拒否する権利はないからな。

断ったところで後ろからついて来られたらどうしようもない。

「分かったよ。じゃあまあ、どうせだし3人で行こうぜ」

「ではついて来るといいでしょう」

くるっとターンした森下《もりした》が先頭を切って歩き出す。

「なんで仕切りだすんだよ……相変わらず訳分かんねー奴《やつ》。悪いな綾小路《あやのこうじ》」

「別にいい。大した問題じゃないからな」

ふと思ったのは、森下の存在はAクラスではどう思われているのかということだ。

学力の高さはOAAからも周知の事実だろう。

しかしそれ以外のことは正直分からない。ここは聞いてみてもよさそうだ。

「森下ってクラスじゃどういう立場の生徒なんだ？」

「どういうも何も、見たまんまさ。頭はキレるが変わり者で、いつも1人で行動してる」

「仲の良《い》い友達はいないと？」

「記憶にはないな」

情報収集に余念のない人物の発言からして、信憑性《しんぴょうせい》は高そうだ。

そんな森下の背中を見つつ、不思議そうに橋本《はしもと》は人差し指と親指を顎に当てる。

「だからこそ珍しいんだよな。こんな風に話しかけてくるのはさ」

そう呟《つぶや》いた後、オレを流し目で見てきたので先手を打つ。

「裏切り者を監視してるだけなんじゃないのか？」

「ま……その可能性も0じゃないが……。つか遠慮ないのなおまえも」

「遠慮が必要な相手なら、ちゃんと配慮する」

「ったく。ちょっと気になったのは、森下は極端な坂柳《さかやなぎ》信仰ってわけじゃないってのが俺の認識なんだよな。付かず離れずって感じの。かといって積極的に動いて1人で問題を解決するタイプでもない。つまり探りを入れる理由が見えない」

森下が積極的に動くタイプじゃない？　果たして本当にそうなのだろうか。

少ない接触回数ではあるが、オレの抱いた印象は逆。むしろ単独で問題解決のために積極的に動く人物である印象の方が強い。

もちろん、これまで堅実に守り勝ってきた坂柳に一任していたところから、敗北をキッカケに森下が考えを変えたのかも知れないが、橋本がその兆候を一切関知していないとは考えにくい。

この男は真実と嘘《うそ》を似たような割合で織り交ぜながら、その素振りを見せずに話す。

今3人で歩いているこの状況すら、単なる偶然が重なって生まれたものではないかもな。

橋本《はしもと》はオレに接触したことを、間接的に、そして偶然に仕立て上げ坂柳《さかやなぎ》に悟らせたい。

そんな思惑があると見ていいかも知れない。

悟られたくないと思っているのであれば、目立つ恐れのあるオレの部屋の前で待ったりはしない。互いに連絡先を知っているのだから幾らでも内密に連絡を取り合える。裏切り者である橋本がオレと接触した事実を直接的、あるいは間接的に坂柳に気付かせる目的。

もちろん真相は今のところ橋本だけにしか分からないが、こっちに分かることもある。

部屋で見せた橋本の真実と嘘。

自らの行動は全て、自分だけの利益に繋《つな》がると信じていることだ。

自分だけが良《い》い思いをしたい。

自分だけが助かりたい。

自分だけが勝ちたい――――。

その過程で他人がどうなろうとも構わない、そう考えている。

平和主義の人間が知れば、橋本の存在は悪として忌み嫌われるものだろう。

橋本を知れば知るほど、オレは橋本に共感を覚え同調する。
本質を突いて生きているからだ。
本来、そんな悪を貫くためには有無を言わせない力が必要だ。
しかし橋本は力を持ち合わせていない。
だからカメレオンのように環境に合わせて色を変える術《すべ》を身につけた。
環境に溶け込み生き延びようとする。
それがまさに、この瞬間でありこれまでの行動なのだ。
ロビーを出て3人で歩いてコンビニに向かう。
それから店内に入ってカゴを手に取り、携帯で恵《けい》に連絡。
欲しいものを聞き取りつつ自分の分と合わせて夕飯を決めていく。
コンビニの温めるだけのオカズも十分美味《おい》しいからな。
買い物をしていると、オレたちより後に入って来た人物と飲料コーナーで鉢合わせた。
「あ……こ、こんばんは……」
そう挨拶してきたのは橋本と同じクラスの女子、山村美紀《やまむらみき》だ。
「ここで会うとは思わなかったな」
「そう、ですね」
オレの言葉に、どこかバツの悪そうな顔をしつつ肯定する山村。

やっぱり非常階段で橋本《はしもと》を見張っていたのは山村《やまむら》だったようだな。

寮を出た後もほとんど気配を察知させず誰か分からなかった。

だからこそ、山村なんじゃないかと思っていたが、どうやら正解だったらしい。

単独で動いているのか、背後に坂柳《さかやなぎ》が隠れているのかは今のところ分からないが、オレが自分の部屋にエレベーターで戻って来る以前からスタンバイしていたことからも、橋本を見張っていた可能性の方が高そうだ。

というより、山村がオレを隠れて見張る理由は今のところ特に見当たらない。

「あっれ、山村じゃん。偶然ー」

話しているオレたちに気付いた橋本が、手にカレー味のカップ麺を持ったまま近づいてくる。

「こんばんは……橋本くん」

「山村がコンビニ使うの初めて見たぜ」

単なる習慣なのか、それとも何か臭いを嗅ぎつけたのか。

本当か嘘《うそ》か分からない情報を口にしつつ、山村の反応を見ている。

「えっと、その、コンビニも結構利用してます……週1、2回くらいですが……目立たないですから……すみません」

「あ、いやこっちこそなんか悪い……」

探りを入れようとしたんだろうが、山村の存在感の薄さを突いた形になったため、橋本が慌てて謝罪する。

「珍しいですね。山村美紀《みき》が男子と喋《しゃべ》るなんて」

「それをおまえが言うのかよ森下《もりした》」

「私は裏切……いえ、橋本正義《まさよし》のことがちょっぴり気になるお年頃でして。恋？」

「定期的にわざとぶっこんでくれるなよ。……ま、山村も同じように俺のことを疑ってるだろうけどさ」

そうだろ？　そんな探りを含めた視線に対して山村は俯《うつむ》いて目線を逃がす。

重ための沈黙がコンビニの特性や軽快な音楽と合っておらず不協和音を奏でる。

それを止めたのは橋本でも山村でもなく森下だった。

「ついでです。一緒に買い物しましょう。構いませんよね？」

「え、あ、は、はい……私がいても良ければ……ですけど」

場の空気など最初から読んでいないことが、ここでは功を奏したようだ。

有無を言わせずなし崩し的に、山村も買い物をしていくことになった。

まあ元々、コンビニは買い物をするところなので変な話ではないのだが。

山村が他の生徒と喋る姿を見る機会は多くないが、クラスメイト相手でも話すのに苦戦しているといった感じだ。

森下《もりした》に袖を引かれ、オススメの商品を半ば無理やり手に取らされている。

そしてどれもこれも断り切れないまま、3つ4つとカゴの中に商品を入れていく。

「強く勧めない方がいい」

「どうしてです？　山村美紀《やまむらみき》は私のセールストークを喜んで受け止めています」

「全く喜んでないと思うぞ。どう見ても困った顔をしてる」

「そうなんですか？」

「え、えっと……」

どちらに味方するにしても対応が分からないと思ったのか、山村が口ごもる。

「私が無理やり買わせていると？」

「そ、そういう、わけでは……」

ちょっと言葉で押されただけで山村は後退し、否定の声は飲み込まれてしまう。

「これが嫌がっていると？　さ、次のオススメを教えましょう。他の人には内緒ですよ」

コンビニの回し者でもないのに、また次の商品を買わせようとしていた。

リーチインからジュースを取り出そうとする。

「仲良く談笑中悪いが、少しどいてもらえるかな？」

そんなやり取りをしている間に新しい客が、飲料コーナーに立ち寄った。

オレには気が付いたようだったが、近くにいた山村は見落としていたのか、僅かにだが肩がぶつかる。

「あ、す、すみません」

コンビニの店内はそれほど広くないため、複数人が集まっているだけでも他の客が商品を選ぶ際の邪魔になってしまう。

大した衝撃ではなかったが、山村が謝り道を譲る。

「いや、こちらこそ見落としていた。すまないな」

長い銀色の髪をふわりとなびかせ、緑茶のペットボトルを1本取り出す。

「私はこのメーカーのお茶が好きなんだ。急須で淹《い》れたような旨味《うまみ》と香りを手ごろに感じられるだろう？　綾小路《あやのこうじ》」

飲料メーカーの回し者みたいな言い方をして、こちらに視線を向けたのは3年Bクラスの鬼龍院楓花《きりゅういんふうか》だ。

「そのメーカーのは飲んだことがないので答えようがないですね」

「それは残念だ。機会があれば飲んでみるといい」

「今帰りですか？　鬼龍院先輩」

「ああ。少し遅くなってしまってな。今日はコンビニで済ませようと思ったわけだ。こっちの女生徒は――新しい彼女か？」

「違います」

「あ、えっと……山村《やまむら》です……」

「山村に森下か。クラスは綾小路《あやのこうじ》と同じか？」

「森下藍《もりしたあい》です」

「いえ、彼女たちはAクラスです」

「ほう？　交遊関係が広いのは良《い》いことだ。友は大切にした方がいい」

「鬼龍院《きりゅういん》先輩がそれを言いますか」

3年生の中では群を抜いて、孤高を地で行っている人物だけに似合わないセリフだ。

「どうも鬼龍院先輩。俺は橋本《はしもと》って言います、同じくAクラスです」

山村を見ていた鬼龍院に、割り込むように橋本がそう手を差し出しつつ挨拶した。

その手を軽く流しつつ、鬼龍院が頷《うなず》く。

「3人とも覚えておこう」

短い会話のやり取りをして、鬼龍院は一足先に会計を終えてコンビニを後にした。

あまり他人に興味のなさそうな鬼龍院が、建前かも知れないが3人を覚えておくと言ったのはちょっと驚いた。

それほど深い意味の無い一言だったのかも知れないが。

「おまえ、鬼龍院先輩とも親しかったのか。あの人は誰ともつるまないので有名だぜ？」

「親しいって程じゃない」

橋本は寮に向かっていく鬼龍院の背中をしばらくの間見つめ続けた。

○交流合宿

木曜日の朝9時半。グラウンドに停車しているバスの群れ。

アイドリングによる排気ガスの臭いを微《かす》かに鼻で感じつつ、生徒たちが軽い足取りで乗り込んでいく。

部活動の大会などで遠征する生徒を除き多くの2年生たちにとっては、無人島試験、修学旅行に続く今年度3回目の遠出、全学年による合宿だ。

ただし去年の混合合宿とは大きく異なることが事前に通達されており、形式上は合宿のカテゴリに含まれるだけでその性質は全く違う。

そのため『特別試験』の名目は使われていない。

移動に先駆けて気になるのは、生徒たちに用意されていたバスの数だ。

通例は各クラス1台。つまり3学年全てが参加するなら12台になる。

ところが、今回グラウンドに集まったバスは全部で9台だった。

しかし乗り込んでいく生徒たちを見てすぐにその謎が解ける。

3年生に用意されたバスが1台であること。

集められた生徒数は僅か20人と非常に少ないことが理由らしい。

全員の顔が見えたわけではないため断言はできないが、見る限りは3年生からはAからDまでの4クラス、各5名が招集されているようだった。

指示を受けバスに乗り込む際、特に席の指定はなく好きに座っていいとの説明が入る。

それを聞きつけた恵《けい》が、一目散にオレの腕に抱きついた。

「清隆《きよたか》と座るっ」

一部男子からの冷ややかな視線を受けつつも、承諾の返答をしてからバスに乗り込み後ろから3番目、右側2席の窓側へと腰を下ろす。続けてその横に恵が座った。

「女子で固まった方が良かったんじゃないのか？」

「帰りはそうする。行きくらい別に一緒でもいいでしょ？」

プライベートの大半はいつも一緒だが、バスの中でもそれを望んでくる。

何が違うのか分からないが、いつも以上に嬉《うれ》しそうだった。

全員が乗り込み、そして他のバスの準備も終わる頃、茶柱《ちゃばしら》先生が乗り込んできた。

「去年の合宿を思い出すよね。あの時も色々清隆とはやり取りしたっけ」

「そうだな」

アレから1年。

あの時は恵との関係がここまで深まるとは互いに思っていなかった。

恵だけではなく周囲の人間関係も大きく変わっている。

「あぁそうだ。昨日知ったんだけどあたしの好きな映画が今度上映されるんだって。始まったら一緒に観《み》に行こうね」

嬉《うれ》しそうに目を細めながら、恵《けい》は映画のポスターらしき画像を見せてくる。

恵にしてみれば、他愛《たあい》もない自然と振った話の1つ。

しかしオレには1つ引っかかることがあった。

「それはいつ頃上映予定の映画なんだ？」

「えっと、いつだったかな。前に特報を見た時は春上映って感じだったんだけど」

「具体的な日付が知りたい」

「ん？　何か不味《まず》いことでもある？　えっとね……。あ、ここに載ってた」

そう言い恵が見せてきたホームページには、上映開始日が3月26日とあった。

幸い新学期の始まる前、学校が春休みに突入しているタイミング。

「分かった。観に行こうか」

「やった！　超面白いから清隆《きよたか》も楽しめると思う」

笑みを見せながらそう言った恵だったが、オレの顔を見たままその笑顔が固まる。

「どうした」

「ううん何でもない」

そう答えてオレから視線を外した恵は、鼻歌を歌いながら映画の登場人物相関図と思われるページを見てぶつぶつと予習を始めた。

それから生徒たちは各々、好きに雑談をしながら外の景色を楽しむ。

出発してから都内を20分ほどバスが進んだ頃、茶柱《ちゃばしら》先生がマイクを持ち前方から後方の生徒たちを見つめた。

「そろそろ合宿の詳細説明をしておこうか。学校でも軽く触れたが、これから3泊4日で全学年合同による体験学習型の交流会を行うことが決定している」

通常なら緊張した面持ちに変わる場面だが、バスに乗り込んでいる生徒たちに緊張の色は全く見えない。

茶柱先生の言葉に耳を傾けつつも、外の景色を楽しんでいたり身体《からだ》を休めていたりといつもとは違ったムードであった。

先にも触れたことだが、これは特別試験ではなく単なる交流会。

「改めて伝えるが、交流会を特別試験と捉えないように。今回クラスポイントの増減は一切発生しない。学生生活から逸脱した迷惑行動でも取らない限り退学するような危険性もないだろう。多少ゲームへの参加でプライベートポイントが貰《もら》えるが、それも強制参加というより半ば自主参加に近い形式を採用している」

こうして念押しするように茶柱先生が説明をしているのも、当然と言えば当然だ。

生徒たちは高育の長い生活の中で警戒心が高まっている。

交流会と言いつつ、その裏では何かあるのではないかと勘繰る習慣が付いている。

だからこそ、特別試験ではないこと、クラスポイントが変動しないこと、退学などのペナルティが待ち構えていないことを告知している。

このことが生徒たちに心の余裕を生んでいるのだ。

「体調不良で欠席することになった市橋《いちはし》は残念だが、不幸中の幸いだろう」

この時期風邪が流行《はや》っていることもあり、体調不良の生徒は意外に多い。

「既に気付いた者もいると思うが、全学年とはいえ、今回3年生は各クラスから5名ずつの代表者のみ参加する仕組みを取っている。これは諸々《もろもろ》の事情を加味してのことだ」

軽く触れはしたが、そのことについて詳細を茶柱《ちゃばしら》先生が語ることはなかった。

「そのためおまえたちは1年生との交流が主な目的となるが、全員と仲良くなれと漠然とした指示を出しても仲良くなれるものではないだろう。まず合宿先に着き次第、全学年を20のグループに振り分ける。既に各グループで代表となる3年生たち20名が、1年生と2年生の全名簿リストを基に話し合いを行ってメンバーの編成を終えている」

ということは、現地に行ってからグループを決めたりするわけではなく、知らされていないだけでどのグループで過ごすかは既に決定しているということか。

「今からその編成表を配っていくので、自分がどのグループに属することになるのかを覚えておくように。人数や男女比に多少違いはあるが、学年とクラスのバランスは極力取るように調整されている。ゲームはグループ対グループで行い勝敗を決める」

右側、左側それぞれの前に座る生徒にプリントを手渡す茶柱先生。

生徒たちは必要な分のプリントを取り、後ろの席に座る生徒に回していく。

「このプリントにはその他、ゲームから得られるちょっとした報酬やそれを獲得するための条件も記載している。同時に目を通しておくといい」

「試験じゃないから気楽だけど、やっぱりプライベートポイントは欲しいな。良《い》いグループに入れるかどうかで勝率が全然変わりそうだよね？」

「だな」

1人でも多くの優秀な生徒が同じグループであることに期待するのは自然の流れだ。

もちろん、勝敗を決するためにどんなスキルが要求されるのかは未知数だが。

オレたちの前に座っていた本堂《ほんどう》が立ち上がり、こちらに残ったプリントを差し出してきた。恵《けい》が受け取り更に後ろに回す。

「清隆《きよたか》と一緒だといいなぁ」

プリントは5枚がクリップで1つにまとめられており、グループで行うことや、交流会の報酬、その下から5枚目にかけてズラッと生徒たちの名前が載っている。

めくって気付いたが、名刺サイズの二つ折りにされたカードも1枚挟まっていた。

プリントの方は幸いにもこのクラス用に作られているため、分かりやすいようにこのクラスの生徒たちには印がつけられている。これなら自分の名前を探すのに然程《さほど》苦労はしない。

また欠席者の名前も載っていて2年生は市橋《いちはし》と一之瀬《いちのせ》の2名だったが、1年生は4名と結構多くの欠席者が出ているようで、その中には石上《いしがみ》の名前もあった。

体調不良による偶然だとは思うが絡む機会は巡ってこない。

「あたしは——田中《たなか》先輩の第7グループみたい。清隆《きよたか》はいないかあ……でも……」

1枚目中程で自分の名前をすぐに見つけた恵《けい》は残念そうにしつつも、どこか安堵《あんど》した様子を見せたのは何故《なぜ》だろうか。

「でも、なんだ？」

「合宿だと一緒になったグループの女子と相部屋みたいだし、一緒になりたくない人もいるって言うか……その人がいなくて良かったな、って」

プリントの初めには、必要なグループ行動としてゲームの他に、男女別の相部屋で共同生活を行うことが書かれていた。そこに気付いたが故の反応だろう。

誰とは明言しなかったが、それが一之瀬のことを指しているのは間違いない。

前回の特別試験では、作戦だとはいえ執拗《しつよう》な連続指名を受けて驚いていたからな。

「別に一之瀬さんが嫌いなわけじゃないよ？　けど、なんか、ちょっと怖い気がしてさ」

そう呟《つぶや》きつつ、こちらを睨《にら》みつけてきた。

「清隆って一之瀬さんと仲良くしてるし。色々、疑っちゃうこともあるしさ」

他の人に聞こえない程度の小声で恵がそう伝えてくる。

「それで複雑だったわけか」

「清隆と一緒になる可能性だってあるわけじゃない？」

思いの外、恵の中では一之瀬の存在が悪い意味で大きくなっているようだ。

「オレは5枚目の最後、鬼龍院《きりゅういん》先輩の第20グループらしい」

ざっと全20グループのリストを見たが、確かに茶柱《ちゃばしら》先生が事前に通達したように男女比バランスは可能な限り取られていて、クラス別の人数配分も最大3名もしくは最小1名で、基本的には2名ずつで構成されている。なるべく平等にということだろう。

しかし各グループのある部分には異様なまでの偏り、不平等性を感じた。

まだ他の生徒たちは自分の名前を探している最中なので気が付いた者は少ないだろうが、疑問が噴出するのは時間の問題だろう。

何も気付いていない恵は、オレと一緒になれなかったことをまだ残念がりつつも、漫然とリストを眺め続けている。

そこでオレは1枚目の上部に記載された報酬の部分にもう一度注目する。

グループ順位報酬

1位　各生徒に3万プライベートポイント
2位　各生徒に2万プライベートポイント
3位　各生徒に1万プライベートポイント
4位～10位　各生徒に5000プライベートポイント
11位～15位　各生徒に3000プライベートポイント
16位～20位　各生徒に1000プライベートポイント
※この交流会で入手したプライベートポイントは譲渡不可
※使用はケヤキモール内での買い物に限定される
※報酬を受け取るにはポイントカードの条件を満たすこと

生徒1人1人にスポットを当てれば、やはり特別試験にも該当しないため莫大《ばくだい》な報酬が得られるわけじゃないようだ。そして特定のクラスだけが得をする仕組みにもなっていない。

それでも高校生にとって1000円でも2000円でも臨時収入となれば、当然ながら無視できないので上位を狙いたいのが基本的な思いだろう。

譲渡不可や利用できる場所が限定されているのはデメリットではあるが、言い換えれば戦略に用いることが実質不可能であるため遠慮なく自由に使えるメリットがある。

しばらくリストと睨《にら》めっこを続けた生徒たち。

「あの……茶柱《ちゃばしら》先生。質問よろしいでしょうか」

グループを大体把握したところで、園田《そのだ》が挙手をした。

「気になることがあったんだろう？」

「はい。各グループ別でゲームをするとするなら、これは……公平なんでしょうか。いえ、完全な公平にすることは不可能だとしても少しバランスが悪いような……。南雲《なぐも》先輩のグループとか、そう感じたんですけど」

「OAA基準の均衡は一切考慮に含まれていないからな。極端な偏りが出ていたとしてもおかしくはないだろう」

疑問に対して、茶柱先生はサラッとした答えを返した。

「うわ、本当だ。南雲先輩のグループって結構ヤバくないか？」

質問を聞きつつリストを確認し、南雲が率いるグループを見た池《いけ》が口にする。

南雲は言わずと知れた元生徒会長にして、OAAではオールA以上を保持している生徒。

だが目を見張るのは安定感抜群の顔ぶれだ。

1年生　Aクラス高橋修《たかはしおさむ》、藤堂凛《とうどうりん》、天沢一夏《あまさわいちか》　Bクラス萩原千颯《はぎわらちはや》、福地陽菜乃《ふくちひなの》
　　　　Cクラス滑川《なめかわ》あずき、井口由里《いぐちゆり》　Dクラス帯刀碧《たてわきあおい》、大崎乃愛《おおさきのあ》

2年生　Aクラス真田康生《さなだこうせい》、沢田恭美《さわだやすみ》　Bクラス堀北鈴音《ほりきたすずね》、平田洋介《ひらたようすけ》
　　　　Cクラス金田悟《かねださとる》、葛城康平《かつらぎこうへい》　Dクラス神崎隆二《かんざきりゅうじ》

勉強面で全員優秀なのはもちろん、運動能力も高いか、そうでなくとも指示に的確に従える生徒、グループをまとめあげられる生徒を惜しみなく選出している。

個々の能力だけで言えば坂柳《さかやなぎ》や龍園《りゅうえん》、高円寺《こうえんじ》など突出した能力を持つ生徒もいるが、それらは混ぜ合わせることでどんな化学反応が起こるか分からない。

それを避けた上で構成された万能グループの1つではないだろうか。

これを見た後では、その他多くのグループは嫌でも霞《かす》んでしまう。

先ほど例として挙げた坂柳や龍園の属しているグループなら、最強グループに勝つための一石を投じることは出来るかも知れないが、ほとんどのグループはそれに当てはまらず敗北は避けられない。もし学力だけに特化したゲームがあったなら、総合力ではまず勝てない。

「グループの割り当てを多少不公平だと思う者もいるだろうが仕方がない。優秀な生徒が安定したグループに誘致されるのは自然の摂理だからな」

プリントを片手に持った茶柱《ちゃばしら》先生は厳しい顔つきで答えた。

質問した園田《そのだ》はその表情を見て萎縮する。

言われてしまえば反論の出来ない、もっともな話ではある。

脅しが過ぎたと思ったのか、先生は表情を緩めて少しだけ笑みを見せた。

「しかし優秀だからと言って必ずしも勝てるわけではない。特に今回の場合はな」

希望がないわけではないと園田に言い、説明を続ける。

「今回の交流会は3日間の総当たり戦でゲームを行う。グループ同士で競い合ってもらうが、1グループ対1グループで行うもので対戦の順番は非公開。またゲームの内容はリスト内から毎回ランダムに選択される」

細かなルールがその後も茶柱先生から口頭で伝えられていくが、交流会のルールを要約するとこうだ。

交流会　体験学習ゲーム概要

期間・3日間に分けて行われる

1日目5試合　2日目7試合　3日目7試合

※各ゲーム毎《ごと》にインターバル30分

対戦方法・全20グループの総当たり戦で行われる

対戦の順番は非公開

ルール・各グループから毎ゲーム、3年生の代表者が参加者5名を選出し対戦する
参加者としてゲームに選出できるのは1、2年生のみ
1対1を原則とし3勝したグループの勝利とする
負けが確定してもゲームは5人全員が行う
参加制限回数はなく、何度でもゲームに参加できる

ゲーム内容・リスト内から学校側がランダムに選出しゲーム内容が随時発表される

勝利条件・勝利数が多い順に表彰される
※同率で3位以上が並んだ場合追加でゲームを行う

ゲームと言われるだけあって、内容は本当にライトなものと見てよさそうだ。学校が用意したリストを見ればそれは一目瞭然で、合宿ならでは?と思えるような『押し花作り』や『ろくろ制作』など特殊なセンスや技術が問われるものから『トランプ』に『UNO』などの遊戯系、『卓球』などのスポーツ系もあった。もちろん多少頭を使う、学力が絡ん

だものもあるにはあるが重要ではないだろう。

生け花や盆栽などもあり、こうして見ると実に興味深いラインナップだ。

そしてこれらのリストにあるゲームは全て、対戦時以外でも常時体験可能らしい。

また同じゲームを2回、3回と出題される可能性もあるようだ。

詳しく説明されたことでハッキリとする。3泊4日、後輩たちと交流をしながらモノ作りをしたり、ゲームをして順位を競い合い親睦を深めてくれという話。

興味の無い生徒にはつまらないかも知れないが、モノ作り体験が出来るのは正直なところ凄《すご》く楽しみだ。

「バスの中で配付したプリントの中に挟まれていたのがポイントカードだ。合宿先で各種体験学習をした際にスタンプを集められる。これを満たすことが報酬を受け取るための条件になっているから気をつけろ」

体験学習の自主参加を促すためのアイテムということだな。

一日に集められるスタンプ数の制限や、同じゲームでは複数回貰《もら》えないなどちょっとしたルールもあるが、これは特に気にしなくて良さそうだ。

とにかく普段学校ではまず出来ないようなことを、色々とやってみたい。

内容が理解できたことで、ＯＡＡ総合力の低いグループにも活路が十分見えてくる。

このルールならば、どんなグループ相手に対しても勝機があるとは言えそうだ。

「今回については勝ち負けに強くこだわる必要性が無いことは十分伝わったはずだ。もちろん1位を目指し報酬のために一致団結するのも構わないが、多種のゲームが掲載されたリストを見ても分かるように体験学習を用いた交流を主軸としている。他グループとも積極的に絡み、親睦を深めることに注力してもらって一向に構わない」

これまで特別試験など、学校から様々な課題とそのルールを与えられてきた。

その中で初めて勝たなくてもいい、負けてもいいというお墨付きが与えられる。

「なんかホントに緩い感じだね。最下位でも1000円は貰《もら》えるわけだし」

ひとまずはその内容から、恵《けい》を始め多くの生徒が胸を撫《な》で下《お》ろす。

「そうだな。今回に限っては負けても何もないことがかなり大きいだろうな」

説明を受けたクラスメイトたちは、和気あいあいとした時間を過ごし始めた。

調子に乗って歌いだす者まで出てくる始末。

「ある程度自由とは言っても学校の定めたスケジュールに従うことは忘れるなよ」

そう釘《くぎ》を刺されてはしまったが。

プリントに記載されている、そのスケジュールを恵と確認する。

起床　　消灯　　昼休憩
7時　　22時　　13時～14時

朝食
8時～9時　12時～13時　19時～20時
昼食
夕食

大浴場
6時～8時　20時～22時

交流会
午前の部　9時～12時　午後の部　14時～18時

試験時間を除いた時間は全て基本的に自由行動。

極端な話、昼食を取らず昼寝をするのも、モノ作り体験に没頭するのも個人の裁量に任される。

各グループのリーダーにゲームへの参加を命じられた場合はその限りじゃないが、拒否しても罰則は用意されていないようだ。

初日に限っては到着時点で12時頃になると通達があり、そこからグループ別に集合、昼食を取る手筈《てはず》になっていて、午後だけ交流会が行われる予定。

「合宿先では先輩として恥ずかしくない振る舞いをするように心がけてもらいたい」

これで説明は終わりなのか、茶柱《ちゃばしら》先生はマイクの電源をオフにして着座した。

1

バスが高速に乗り2時間ほど走ると、窓から見える景色はすっかり山奥。

去年とは異なる施設の前に停車し、生徒たちが降車を始める。

バスが並ぶ正面玄関の前は想像よりもずっと広く開けていた。

合宿で寝泊りする建物は、歴史のある古い旅館のような作りをしている。

学校からの説明によると元々はバブル期に建てられた宿泊施設兼体験場だったようだ。

屋内には、各体験施設用の教室などが完備されている。

先のリストに体験型のゲームが多く掲載されていたのも、それが理由だろう。

「割り振られたグループで集合。後は3日間、リーダーの指示に従いつつ全員で話し合い仲良く活動するように」

各グループのリーダーを任されている3年生たち20人が、広がっていく。

視線の先で、鬼龍院《きりゅういん》がジャージの上着ポケットに両手を入れて立っていた。

「じゃあ、また後でね清隆《きよたか》」

名残惜しそうに離れていく恵《けい》を少しだけ見送り、オレも鬼龍院の下に向かうことに。

「今日から3日間よろしくお願いします、鬼龍院先輩」

「よろしく頼む」

鬼龍院のグループに配置された第20グループの1、2年生メンバーは計16人で以下の通りだ。

1年生　Aクラス豊橋峨朗《とよはしがろう》、小角暖《こすみだん》　Bクラス柳安久《やなぎやすひさ》、榮倉《えいくら》まみ
　　　　Cクラス椿桜子《つばきさくらこ》、新徳太郎《しんとくたろう》　Dクラス小保方幸喜《おぼかたこうき》、十手美空《じってみそら》
2年生　Aクラス橋本正義《はしもとまさよし》、山村美紀《やまむらみき》、森下藍《もりしたあい》　Bクラス綾小路清隆《あやのこうじ》、西村竜子《にしむらりゅうこ》
　　　　Cクラス小田拓海《おだたくみ》、椎名《しいな》ひより　Dクラス初川舞峰《はつかわまほ》

これにリーダーの鬼龍院が追加される。

運動が出来る生徒も勉強が出来る生徒も満遍なくといった印象だ。

対等な勝負なら成立しづらいようなバランスだが、これもゲームを主軸にした緩い交流会ならではなのだろう。

当然ながら2年生に限って言えば普段から交流のある生徒が多いが、1年生の方は椿以外全くと言っていいほど面識がない。そういう意味でも交流会の実施には大きな意味があ

るだろう。

「よう。まさかこんな形でおまえと組むことになるなんてな」

グループが集まるに連れ、早い段階でフランクに橋本《はしもと》が近づいてきた。

「同意見だ」

つい先日、橋本たちとは色々話し込むことになったが、あの日の4人がこうして同じグループになるとは奇妙な縁もあるものだ。

「嬉《うれ》しいやら悲しいやら。どうせならヤバイ特別試験で一緒の方が良かったぜ」

相当オレに期待しているようだ。それに応えられるとは今のところ一言も口にしていないんだが、放っておこう。

「たかが交流会でも、上位に入ればバカにならない金が貰《もら》えるのはありがたい。とりあえず1年との連絡先交換はマストだな。グループを組んで後でおまえも招待する」

お願いせずとも、自ら手間のかかる取りまとめ役を買って出てくれるのは素直に助かる。

「来月には橋本の名前を登録から消すかもしれないけどな」

「お、おいおい。森下《もりした》みたいな笑えないジョークは止《や》めてくれよ」

言っておいてなんだが、確かに少し森下みたいだったかも知れない。

あの変わった存在はオレに思わぬところで影響を与えているのだろうか。そんなことを考えていると柔らかな声が耳元に届く。

「おはようございます、綾小路《あやのこうじ》くん」

グループの下にゆっくりと歩み寄って来たひよりが、そう名前を呼びかけてきた。

「おはよう。今日からよろしくな。ひよりがいてくれると心強い」

「それは私も同じです。綾小路くんが一緒のグループだと知ってホッとしました」

オレと違ってひよりなら誰からもすぐに受け入れてもらえそうな気はしているが、傍《はた》から見るのとその人自身が見ている世界は全然違うからな。

心強い友人を迎え入れられたことは素直に嬉しい。

「橋本くんも、どうぞよろしくお願いします」

オレの横に立ったひよりが、そう言って軽く頭を下げた。

「可愛《かわい》い子はいつでも歓迎さ。にしても、綾小路と椎名《しいな》ちゃんって並んでいるとなんだかお似合いだよな」

「どういう意味だ？」

「悪くは受け取って欲しくないんだが、軽井沢《かるいざわ》よりも2人の雰囲気に違和感がないって思ってさ」

読書の趣味など、恵《けい》とは違うところで共通点があるからだろうか。

だが橋本の言うことをいちいち真に受ける必要はない。

そう言った本人も、既に関心事はそこになく集まったグループ全員に向けられ始めた。

鬼龍院《きりゅういん》はグループのことなど放置して、冬の山々を見つめている。

そのため自分が動かなければならないと思ったんだろう。

「えーっとこれで全員か？　あ、いや1人足らないか？　1、2、3――」

人数を手早く数えていく橋本《はしもと》。

「15で、俺を入れて16。やっぱ1人足らないみたいだな」

足らない？　全員揃《そろ》ったと思ったが、オレの勘違いだっただろうか。

「17人揃ってますよ。ここに山村美紀《やまむらみき》もいます」

「あ、ホントだ、全員揃ってたか……悪い山村」

真面目に見落としていたようで、橋本が慌てて訂正する。

「いえ……私こそ、すみません」

数え忘れられただけなのに、何故《なぜ》か申し訳なさそうに山村の方が謝った。

鬼龍院に気付かれずぶつかったりクラスメイトの橋本に見落とされたりと影の薄さは相変わらずのようだが、ここ最近は希薄さがより凄《すご》みを増しているな。

ただ一度その存在を認識してしまえば、オレ限定かも知れないが他人よりも気配を感じられない分、逆に存在感を感じるというおかしな逆転現象が起きていたりする。

そんな山村のことをひよりに聞くと、これまでまともに話したことがないと言うので、ひよりの自己紹介を兼ねて声をかけることに。

「前回の修学旅行といい最近は何かと縁があるな」

「そう、ですね。今回も……よろしくお願いします」

「よろしくお願いしますね、山村さん」

ひよりが優しく包み込むような微笑《ほほえ》みを向けると、山村が硬直する。

「あ、は、はい。椎名《しいな》さん、ですよね……？」

遠慮がちにひよりへ挨拶した山村だが、気になることがあるのか落ち着きがない。

「あら？　何か私に聞きたいことがありますか？」

「あ――その……思っていた印象と、全然違う、な、と……」

「私のですか？」

はて、と不思議そうに首を傾《かし》げるひよりに、山村が小声で呟《つぶや》く。

「もっと淡々とした方だと……思っていたので……」

遠目に人を観察する山村には、ひよりがそんな風に見えていたようだ。

もっとも、確かに以前はそんな印象をオレも持っていたところがある。話して親しくなっていくことで実際とイメージの違いに気付いたと言える。

「すみません、私、話すのが得意じゃないですから、失礼なこと言ったかも……」

「全然大丈夫です。私も人と話すのは得意じゃないですから仲間ですよ」

「そう……なんですね」

答えつつも、山村《やまむら》にはとてもそうは見えなかったんだろう、目がそう言っていた。

「見えませんか？　もしそうだとしたら綾小路《あやのこうじ》くんのお陰だと思います」

「綾小路くんの……？」

オレの？

多分、山村と同じ疑問がオレの頭にも浮かぶ。

「はい。不得意でもお友達と喋《しゃべ》ることがとても好きになりました。なので山村さんも話すことがきっと好きになると思います」

身構える山村の手を取って、ひよりは改めてそう伝えた。

オレのお陰だと言ったひよりの発言は大げさだが、いつか山村も同じような気持ちになってくれればいいなとは思う。

ともかく、この場には鬼龍院《きりゅういん》グループ全員が揃《そろ》ったことになる。

「綾小路清隆《きよたか》。よろしくお願いします」

出た、フルネームで呼び捨てにしてくるが敬語の森下《もりした》だ。

「こちらこそよろしく」

「あなたは――えー……椎名《しいな》ひよりですね。私は森下藍《あい》です。どうぞ、どうぞ」

どうぞヨロシクと、ぺっこり頭を下げた。

「椎名です。森下さん、よろしくお願いします」

山村から始まり、こうしてまずは2年生同士で軽い挨拶を交わし合った。それから緊張した様子で一か所に固まっている1年生たちとも挨拶を交わしていく。

特に口出しせず一連の会話が終わるのを待っていた鬼龍院が振り返る。

「一通り挨拶も済んだようだし昼食を取ってもらおう。なので一度解散といこうか」

「ちょっと待ってください鬼龍院先輩。ここはグループの親睦を深めるために全員で昼食を取ってもいいんじゃないですかね」

すぐに解散を宣言してきた鬼龍院に対し、橋本《はしもと》が急ぎフォローに入った。

確かにこの状況なら、その選択は悪いものじゃない。

実際周囲を見ているとグループ単位で行動を始めているところの方が多そうだ。

「では任せるとしよう」

橋本の提案を受け入れる返事をしたが、鬼龍院は同席しないことを同時に伝える。

そしてグループを置いて1人建物の中に消えて行った。

「おいおい、マジかよ。こりゃとんでもないリーダーに選ばれたもんだな」

リーダーが率先して不在になってしまった状況に、橋本は呆《あき》れてため息をつく。

「あの人のことは放っておいてもいい。昼食をグループで取ることには賛成だ」

全てを橋本1人に判断させるのも酷なので、軽くフォローを入れておいた。

「そうだな。任せると言ってるんだし、ここで解散する理由は薄いよな」

状況に戸惑っている1年生を落ち着ける意味でも橋本《はしもと》は長考がマイナスだと判断し、善は急げと行動を始めた。1年生の中には先輩と食事を取ることに内心抵抗を感じている生徒もいるかもしれないが仮にも交流会を謳《うた》っている。宝泉《ほうせん》のような癖の強い生徒でもない限り反論は出ないだろう。

「ちょっとまて、おい！　高円寺《こうえんじ》！」

橋本が1年生たちに説明しているその後ろ、近くの別グループでちょっとした問題が起こっていた。どうやら第6グループに配属されていた高円寺が、リーダーの指示に従わずこの場を勝手に離れたようだ。

困惑する同グループ1年生たちの姿を、どこか懐かしいと思いつつ、慣れている他の2年生は誰も声をかけることはない。またクラスメイトの井《い》の頭《かしら》も不安そうな表情こそ見せているが、結局は見送るしかなさそうだった。

一瞬オレと井の頭の目が合ったが、憤慨するリーダーの声に慌ててそちらに向き直る。

「高円寺くん、どうしたんでしょうね」

どうやらひよりは理解していないらしく、立ち去る高円寺の背中を見ながらそう呟《つぶや》く。

「いつもの単独行動だ。あれは多分戻ってこないな」

「そうなんですか？」

「高円寺六助《ろくすけ》はグループ行動が出来ない人間。分かっていたことです。ご愁傷様です」

森下《もりした》の方はちゃんと分かっていたらしい。

早速連携の乱れに襲われている第6グループに合掌するように手を合わせる。

「綾小路清隆《あやのこうじきよたか》が同じグループだったら同じクラスの人間として引き止めましたか？」

「同じクラスだからこそ、引き止めても無駄だと確信して見過ごしただろうな」

同じグループかそうでないかなど重要ではなく、誰かが声をかけてそれに足を止め、聞き入れるようなら苦労はしない。

「よし。1年は全員承諾した。こっちも行こうか」

橋本がそう指示を出してオレたち第20グループはリーダー不在のまま歩き出す。

土足のまま建物の中に入ると、やや湿っぽい臭いが鼻をついた。今はあまり利用されている場所ではないのかも知れない。ぞろぞろと生徒たちが列をなして歩き、食堂へ。

リーダーが不在である以上、率先して行動できる橋本に負担がかかるのは避けられそうにない。

賑《にぎ》やかな昼食をグループで取りながら橋本は自ら率先して話の中心となった。

まだ遠慮の強い1年生や口数の少ない生徒を盛り立て、かといってバカ騒ぎすることもせず手広く話を広げてくれた。

正直、聞き手に回ることの多いオレのような生徒には助かる存在だ。

「あの——橋本先輩。この交流会ってルールにも書かれてますけど、ゲームの時にグループ全員が揃《そろ》ってる必要はないんですよね？」

「ああ。1回に参加する人数も最大5人で、しかも同じ人間が何度でも参加できる。かなり緩い感じっぽいな」

所定の時刻になったら必要な人数＋リーダーが立ち会うだけでいい。

「鬼龍院《きりゅういん》先輩の様子を見るに交流会に興味はなさそうだし、俺らも適当でいいっちゃいいんだがな……。方針だけでも教えてほしかったぜ」

任命権はリーダーにあるため、ゲーム内容が決まり次第鬼龍院が決定する手はずだ。

誰が何を得意としているかなど、鬼龍院が一切聞き出していないことに橋本《はしもと》は引っかかっているようだ。

「とりあえず、今は真面目にやれることをやっとくしかないよな」

「鬼龍院先輩って凄《すご》い人なんですよね。もう私たちのことは把握している、とか？」

1年Dクラスの女子、十手《じって》がそう橋本に質問した。

直接の接点はなくても、鬼龍院のスペックの高さは知っていても不思議はない。

「そりゃないだろ。この中で押し花が得意な奴《やつ》が誰かなんて分かるはずもない」

呆《あき》れる橋本の言う通りだ。個々の得意不得意は今現在誰にも分からないはず。

「俺が全員で飯を食おうって言ったのもそこに理由があるのさ。プリントに書かれてるゲーム内容に自信があるかどうか、5段階で評価を付けていこうぜ。1が自信なしな」

簡易的だが、本来リーダーが率先して行うべき必然の行動だ。

全員が携帯を使い、それぞれのゲーム内容に自己評価を記入してもらう。

ただ、難しいのは珍しいものが多様にあること。

自己が経験したことのないものは基本1、出来そうだと感じても最大で2くらいしか付けることが出来ないのではないだろうか。

しかも、これらの多くは事前に練習などをする場も用意されていない。

即席で芸術性が求められるものは特に難しいと言えそうだ。

食事をしながら全員が携帯を操作する。

かなり膨大な量があるので、完成する頃には食事を終える者も。

ともかく、これで一応目安となる全員分のデータが集まる。

そして橋本が作ったグループチャットで即座に共有する。

「……こりゃダメだな」

目を通した橋本の第一声は、厳しい声。

危惧した通りほとんどの生徒がおおよそのゲームに1～2の評価を付けていて、4以上はほとんど見当たらない。橋本も勝機は無いと見限ったようだった。

「もういっそ交流会は捨てて適当に遊んどくのもいいかもなあ」

しかしそう判断するのは早計だ。

この事象は間違いなく他グループでも同様に起こっている。

「真面目にやるグループの方が少ない気はするが……ま、とりあえずこの情報を鬼龍院《きりゅういん》先輩に見せて、それで方針を判断してもらうしかないな」

結局、この交流会の肝はそこに尽きる。

鬼龍院がやる気があるのなら、後輩はそれに従うだけ。

逆にやる気がないのなら適当な参加だけして、合宿先でのんびり過ごす。

個人的には気楽にやらせてもらいたいところだ。

2

昼食を食べ終え、オレは携帯に届いたある人物からのメッセージを見て、席を立った。

時刻は午後1時前。今日の一回戦となるゲームまでは1時間ほど余裕がある。

「悪いが少し外させてくれ。相部屋で合流で構わないか？」

「ああいいぜ。俺は1年を連れて何か適当に体験学習でもしてくるわ」

先輩としての面倒事を引き受けてくれている橋本《はしもと》に感謝し、憩いの間と書かれた休憩室へと足を向けた。

程なくして到着すると、オレを呼び出した人物は2人掛けソファーに1人で腰かけ、退屈そうに窓から外を眺めているところだった。更にもう1人いたようで、そちらは立って窓の外を見ている。組み合わせを見ても偶然ではなさそうだ。

「オレに何か用ですか、南雲《なぐも》先輩」

「用？　まあ用ってほどのもんじゃないが、話はあるぜ」

そう言うと、指先を使ってチョイチョイとこちらを呼びつける仕草をした。

それに従い目の前の空いたソファーに腰を下ろす。

窓際に立っていた人物、朝比奈《あさひな》もそのタイミングでこちらを振り返った。

「やっほ、綾小路《あやのこうじ》くん」

それからその場を離れると、南雲をソファーの右端に寄らせ無理やり隣に座った。

「どんな特別試験かと期待してみたら、まさかただの交流会だとはな。正直ガッカリだ」

正面で向き合っての第一声は、今回の合宿に対する落胆だった。

「つくづく俺はついてない」

自分の不運を嘆き、小さな笑みを浮かべながら南雲は軽く頭を振る。

「おまえもそう思うだろ？」

呆《あき》れながらひじ掛けに肘をついて、そこに軽く頬《ほお》を乗せる南雲。

「確かに去年の混合合宿と比べると大幅なスケールダウンは否めませんね。だからこそ特別試験ではなく交流会という位置づけなんでしょうけど」

去年は退学のリスクもあったが、今回はペナルティすら明記されていない。

大きく落胆する南雲《なぐも》の気持ちも分からなくはないな。

「でも雅《みやび》だって薄々分かってたでしょ？　合宿の時期が時期なんだし」

「……まあな」

2月に入った今、全学年を巻き込んだハードな特別試験は想像し辛《づら》いと朝比奈《あさひな》は言う。

「去年のように3年生全員が参加することは、事実上不可能だったでしょうからね」

オレがそう呟《つぶや》くと、南雲もそれを認める。

「俺たち3年の多くはこの時期受験や就職活動を抱えてるからな。とっくに進路が決まって余裕のある生徒しか合宿の参加は出来ない。幾ら見返りにプライベートポイントが貰《もら》えると言っても、一分一秒を惜しむ奴《やつ》の方が多いだろうしな」

3年生は独自に作り出したルールでプライベートポイントを南雲が集め管理。2000万ポイントまで貯《た》めれば誰かがAクラスに引き抜いてもらえる。

しかし今回の報酬は譲渡不可で使い道もケヤキモール内に限定され、更に額も大したことがない。

進学1つ取っても、大学事情に詳しいわけじゃないが、先行して行われる私立の入学試験が行われるのは一般的に1月下旬頃から。国公立となれば2月下旬か。

今が2月上旬となればまさにこれから本番を控えている生徒の方が多いと思われる。

そんな中で後輩の面倒を見るための3泊4日は、余りに大きすぎる代償だ。

「去年は1月ほど合同合宿の時期が早かったですけど、それでも3年生はかなり大変だったんじゃ？」

「だと思うよ。3年の中には教科書を持ち込んでた人も少なくなかったみたいだし。そういうこともあって、今年は緩くなったのかなって私は思ってたけど」

そう考えると堀北学《ほりきたまなぶ》の世代は見えないところで相当苦労していたのかもな。あるいは学校側が何かしら救済措置を用意していた可能性もあるが、今となってはそれも分からない。

緩くなったと言っても多忙な時期。この交流会に参加している3年生たちは、進学や就職先に目途が付いている生徒に限定されていると見ていい。

「交流会に参加した3年生は自主的なものだったと見ていいんですか？」

こちらの質問に対し朝比奈がうんうんと頷《うなず》いてくれる。

「各クラスから5人ずつ希望者を募ってね。20人に達しなくても、その場合はグループの数を減らして調整する予定だったみたい」

学校側も3年生への配慮はしっかりとしていたということだろう。

「今まで聞いてませんでしたが、南雲先輩たちは卒業後どうするんですか」

流れの中で問うと、その質問に驚いたのか南雲が顔を上げる。

「知りたいのか？」

興味を持たれたことが嬉《うれ》しかったのだろうか。

ここで、何となく、などと答えたら拗《す》ねられそうな気もしたので素直に頷《うなず》いておく。

「俺は大学に進学する。言っとくがAクラスの特権を使う気は全くないぜ？」

つまり実力で合格をもぎ取れると確信しているということだ。

「私も雅《みやび》と一緒で大学進学。といっても雅とは違うところだけどね。この前受けた大学入試共通テストの自己採点も際どかったし、私のレベルじゃちょっと無理かな。一応Aクラスで卒業できることになったら、学校の力を借りて無理やり入ることも出来るかも知れないけど……うーん、でも多分しないかな」

具体的な大学名は出てこなかったが、南雲《なぐも》が受ける大学は相当レベルが高そうだ。

無理に背伸びをしない方針の朝比奈《あさひな》の判断は正しいだろう。高育の力で無理やり自分のレベルより高い大学に入れても、入学後から様々なリスクを伴う。

Aクラスの特権は前に啓誠《けいせい》も言っていたように就職関連に活用するのがベストだ。

「俺はAクラスの特権そのものに価値を見出《みいだ》してない。どうしてか分かるか？」

「自らの手で目標を掴《つか》み取《と》る力があるから、ですよね」

「俺が今の3年を支配して圧倒的な存在になったのもそれが理由の1つだ。卒業時にBだろうとDだろうと、自分の力で希望の大学に入れる、企業に就職できると考えてるからな」

朝比奈がわざとらしく嫌な奴《やつ》を見る目で横の南雲を見ているが、一応事実なんだろう。

「大勢が一致団結して南雲先輩をBクラスに落としたところで効果は知れてますね。それじゃモチベーションも上がらない、維持すら難しい。それが今の結果に繋《つな》がっている」

肯定するように南雲が頷いた。

ただ、もちろんAクラスの特権はあるに越したことはない。

それをメイン軸に据えているか、あくまでも保険程度の存在に考えているかの違いだ。

「ちなみに雅が行く大学には堀北《ほりきた》先輩もいるの。どこまで好きなんだって話だよね」

自分が行きたい大学、ではなく堀北学《まなぶ》がいることがその大学の決め手なのか。

「ほっとけよ。何ならおまえも来年受験して同じ大学に来いよ。歓迎するぜ」

「行くなら共通テストで相当頑張らないと厳しいところだけど……ね」

「なら遠慮しておきます。オレの学力ではかなり厳しいと思いますので」

素直にオレの言葉を受け止めた朝比奈と違い、南雲には通じなかったようだ。

真面目に答えないオレを鼻で笑い、肩を竦《すく》めて見せる。

「本題に入るぜ。正直、今回の交流会で得るものはプライベートポイントだけで失うものもない。だから真面目にやる奴の方が少ない場だ。俺にとっちゃ刺激に欠けるなんてもんじゃないが、それでも存在そのものが無いよりはマシだと前向きに考えることにした」

ゲームでも対決は対決。これが最後の機会になることは間違いないだろう。

「その話だとは思っていました。この交流会でオレと勝負をしよう、と?」

「そういうことだ」

3年生にとって見返りも少ないこの交流会。

オレとの対戦を実現させるために、わざわざ南雲《なぐも》は時間を割いたということだ。

その言葉を聞き届けた朝比奈《あさひな》が、グッと南雲に顔を近づけた。

「やっぱりそういう話? 綾小路《あやのこうじ》くんに酷《ひど》いことしちゃダメだよ?」

「おまえが同席すると言い出したのも、綾小路を守るためか? 随分優しいんだな」

「だって綾小路くん何も悪くないし。雅《みやび》に目を付けられたのが可哀想《かわいそう》じゃない。そもそもなんで雅は綾小路くんを執拗《しつよう》に狙うわけ?」

隣から肩を押し込む勢いで南雲に突っかかる朝比奈。

だがそのことが少し南雲の気に障ったのか、半笑いを浮かべながら突っ込む。

「堀北鈴音《ほりきたすずね》が生徒会に入ったのはどうしてだか、なずなは分かるか?」

「どうしてって、お兄さんの後を追うみたいな感じでしょ?」

「違うな。今はどうだか知らないが、少なくとも入った当時はそうじゃなかった」

「そう、なの? だとしたら動機は?」

「目の前のコイツさ。綾小路が鈴音を使って俺を監視させてたのさ」

え? と朝比奈がよく分かっていない様子でぽかんと口を開く。

「俺を悪い生徒会長だと判断してのことだろうが、結局そんなことはなかっただろ？」

もちろん南雲の行動には度が過ぎる場面が全くなかったわけじゃないが、堀北学《まなぶ》が強く警戒するほどの問題行動は起こさなかった。

「そうですね。むしろ南雲先輩のやったことは学校に良《い》い変化をもたらしたと思います」

「良くも悪くもおまえは堀北先輩に感化され過ぎたんじゃないのか？」

入学前のオレは他人との人付き合いが皆無だったからこそ、堀北学の存在に想像以上の影響を受けていたのは確かだ。

安定を好む学と変革を好む南雲。元から２つの思想が交わるはずもない。

「一応、堀北先輩からバトンを渡されていたので」

「認めたか」

「今更否定しても仕方のないことですから」

「ちょ、ちょっと待ってよ。え、何、なんかちょっと私の思ってる認識と違う？」

オレと南雲を交互に見ながら、慌てて朝比奈が口を開く。

「死んだ表情してる癖に、裏じゃ色々手をまわしてんのさ。ともかく——」

一度間を置き、改めて南雲が問いかけてくる。

「俺との勝負を受ける気はあると思っていいんだよな？」

「交流会に用意されたルールと報酬以外に条件を付ける必要性は？」

「色々考えたがそれはなしだ。仮にも生徒会長を務めた俺が、個人的な理由でおまえを陥れたとなれば角が立つ」

同学年でもない両者が大きなペナルティを互いに賭けたりすれば、学校側も良《い》い顔をしないのは南雲《なぐも》が言った通りだ。

「そもそも、勝負ってのも言い過ぎだな。ちょっとした賭けをやろうって話さ」

「賭け、ですか」

「ああ。もしその賭けに勝てたらおまえにはそれなりのご祝儀を恵んでやるよ」

「こちらは負けてもプライベートポイントを差し出さなくていいと？」

「楽なもんだろ？」

勝負や賭けというよりも、もはや遊びの一環に近い。

しかし南雲だけが不利なのは少々引っかかると言えば引っかかる。

「それなら断る理由はありませんが、今回のルールだと互いにやれることはほとんどありませんよ。先輩はリーダーだからゲームに直接参加はできないですよね」

生徒を指揮するのはあくまでも鬼龍院《きりゅういん》、要は3年生だ。

そして戦うのは1年生と2年生。

立たされているステージが最初から違う。

「それとも交流会なんてものは無視して何らかの方法で勝負でもしますか？」

この体験施設には、それらを実現するための場所や道具がしっかり揃《そろ》っている。

「交流会を無視した場外戦も悪くないが、それならこの合宿にこだわる必要もなくなる」

「確かに。学校ならある種、もっと真っ当な対決も実現出来ますしね」

「学校が交流会をやれって言うなら、形式上そのルールには則《のっと》ってやるさ」

そう言い、南雲はこう続ける。

「最初はおまえにリーダーを任せて1年と2年を指揮させて勝負することも考えた」

表向きは3年の鬼龍院先輩がリーダーだが、実際の任命や指示をオレが出す。

そしてゲームには参加せず、という流れを想定していたようだ。

「悪くないと思いますが？」

「まあな。だがそれを成立させるなら、グループの人事権から与えてやらなきゃ公平とは言えないだろ？」

自分でグループメンバー全員を決めた南雲。一方で鬼龍院が独自に決めたグループメンバーを託される形になれば、確かに公平なスタートラインではない。

実際、オレたち下級生はバスに乗るまで何も聞かされていなかった。

「それに蓋を開けてみりゃ総当たり戦のルール。ダラダラと3日間もやって、結局直接対決が1回しかないんじゃ盛り上がりにだって欠けるだろ？　だからここはいっそ、同条件にこだわるのはやめにしようと思ったわけだ」

そう言い、南雲《なぐも》は人差し指をオレに向ける。

「おまえは全部のゲームに参加しろ。そして3回負けた時点でおまえの敗北だ」

「グループの勝敗は気にしなくていい、と？」

「ああ。鬼龍院《きりゅういん》のグループが19連敗しても、おまえが誰にも負けなきゃ勝ちでいいぜ」

全19試合。そのうち個人で17勝が条件ということか。

「2回負けていいなんて、随分優しいんですね」

「無敗を条件にして初戦に負けでもしたら興醒《ざ》めもいいところだろ？　少しでも長く残って貰《もら》った方が最後まで楽しめる」

あくまでも自分が楽しむために、3敗というラインを設けたと南雲は言う。

「えー？　そんなの綾小路《あやのこうじ》くんが不利過ぎない？　トランプとか完全に運だし」

「負けてもコイツが失うものは無いんだぜ？　ルールを決める権利は当然こっちにある」

「あぁ、まあそっか……ん、それは確かにそうかもだけど」

不満はあるようだったが、どんなに過酷な内容を突きつけられたとしても、こちらの負うリスクが0なら断る理由がないのはその通りだ。

「俺が欲しいのは綾小路の敗北だけだからな。こっちが勝つ確率の高い要求をするのは当然のことだろ。その代償にプライベートポイントを出すわけでもあるしな」

「卒業間際にやることが、後輩を遠目に弄《いじ》り倒すことでいいんですか」

「おまえの扱いはそれくらいで丁度いい」

どんな形にせよ、多少は南雲の思う形で応えてやるのも悪くない。

3月に入れば南雲も卒業してしまうからな。

「分かりました。それならこちらも遠慮せずその配慮を受けさせてもらいます」

こちらが承諾したことで南雲も軽くだが頷《うなず》いて応える。

「もちろん鬼龍院にも伝えてある。おまえが全てのゲームに参加するってな」

こちらが引き受けること前提の水面下での交渉が行われていたようだ。

「部外者の私が言うことじゃないけど、嫌だったらハッキリ断っていいんだからね？　負けた時に何も払わないって言っても、負けた、って事実は残っちゃうんだから」

まさに南雲が欲しているのがその『勝ち』『負け』の事実だしな。

「綾小路が受けるって言ってんだから余計なことは言わなくていい」

邪険に扱われ朝比奈《あさひな》は不満そうに頬《ほお》を膨らませたが、オレが納得している様子を見て引き下がった。

「それにしても先輩は遠慮のない人選をしましたね。他のグループに配属された生徒もちょっと引いてましたよ」

そのことを指摘すると、不満を見せるどころか当然といった笑みを見せる。

「下らない交流会でも勝負は勝負だ。元生徒会長として威厳は見せておかないとな」

オレとの戦いとは別に、リーダーとして参加する交流会でも勝つつもりらしい。

その点はこちらの与《あずか》り知《し》らないところなので、南雲《なぐも》の自由だ。

「万が一おまえが連勝をしてきても、直接指揮できる分止めやすいしな」

「うわ。ほんと容赦ないんだから雅《みやび》は」

「いえそれは違うかと。南雲先輩の考え方が正しいと思います」

自分が有利な状況を作り上げた上で、相手をその土俵に引きずり込めるかどうかも腕が問われる。

各グループとは一度しか当たらない構造と今回の交流会の温度感から、特定の個人が何回ゲームに参加したかは実質的に明らかにならないといっていい。そのことも風向きとして好ましい。

2年生としてグループを引き受けるとなれば悪目立ちが過ぎるが、個人の戦いだけなら注目を避けることも可能だ。

自分が有利に立ち回るように舞台を整えつつも、こっちへの配慮も済ませている。

「なずなは勘違いしてるようだが、必ずしも優秀かどうかだけで勝敗は決まらないぜ。有能な人間を使うには上に立つ奴《やつ》がより有能でなきゃ飼い殺しになるだけだからな」

南雲の言うことは合っている。

将棋でどれだけ沢山の駒を与えられても、腕が未熟ならば勝てるとは限らない。

「遅れてすまないな。もう話し合いはまとまったかな？」

休憩室に、鬼龍院《きりゅういん》が姿を見せる。

「ああ。滞りなくな。予定通り俺と綾小路《あやのこうじ》の勝負だ。おまえと勝負しようとしてることを嗅ぎつけた鬼龍院がこの役目を買って出た」

そういうことだ、と鬼龍院が頷《うなず》く。

「何ならリーダーとしての権限も君に譲ろう。もちろん表向きは私が参加者を選出したことにしておく。そうすればグループとしても対決できるんじゃないか？」

一石二鳥だと提案してくるが、単純に鬼龍院は何もせず一番近い席でオレの勝敗を見守りたいだけではないだろうか。

「なるほど。そこは少し引っかかっていた部分でした。どうしてAクラスのあの3人とグループが一緒になったのかその理由が分かりました」

橋本《はしもと》と森下《もりした》の3人でコンビニに立ち寄った時に山村《やまむら》と出会い、そしてそのタイミングで偶然鬼龍院が居合わせた。

それが同グループに選ぶ決め手になったのではないだろうか。

オレに権限を渡した時、親交を深める手間を少しでも省くための配慮だ。

「私はおまえの今の交友関係を深くは知らないからな。偶然の出会いと、あとは適当に選ばせてもらった。グループ内で居心地が悪いと本領発揮し辛《づら》いだろう？」

橋本《はしもと》やひよりがいてくれるお陰で、スムーズに話を運べそうではある。

「その配慮には感謝しますがその提案は遠慮しておきます。生憎《あいにく》と人付き合いは苦手なので。後輩を使うどころか仲良くなることで手一杯です」

残念だと答える鬼龍院《きりゅういん》だが、然程《さほど》気にした様子はない。

「それにしても今回の件に鬼龍院先輩が一枚噛《か》んで来るとは思いませんでした」

南雲《なぐも》と鬼龍院はけして仲が良《い》いわけじゃない。むしろ相反する立ち位置にいるからな。

オレがそう答えると、鬼龍院は嬉《うれ》しそうに微笑《ほほえ》む。

「何はともあれ勝負が実現しそうで良かったな南雲。3年生が直接ゲームに参加できないことだけは残念だが」

交流会に関する、嘘《うそ》か本当か分からない気持ちを口にする鬼龍院。

「もし参加できるルールだったら、おまえはちゃんと本気を出したのか？」

「綾小路《あやのこうじ》が絡んでいる貴重な機会だ、当然期待に応えたさ」

「ハッ。おまえも随分と綾小路を買ったもんだな。何ならおまえとは、今回の交流会でとは言わず個別で勝負してやってもいいんだぜ？　同じ3年なら手加減も必要ない。Aクラスのチケット代でも賭けてやる」

「悪いが辞退しておこう。そのチケット代は仮にも学年全体の血と汗が染み込んでいる。関与して来なかった私が受け取るには重すぎるだろう？」

この鬼龍院もまた自分の負けを考えない強気なタイプだからな。言葉尻が強い。勝負すれば勝つのは自分だという意思をしっかりと込めている。

「そいつは残念だ」

しかし南雲も慣れたもの。３年間の付き合いから、深く相手にはしないようだ。

「さてと。私は一応リーダーとしてやるべきことがあるから、先に失礼する。また後で会おう」

手短に、用件だけを済ませた鬼龍院はそのまま立ち去った。

「相変わらず楓花《ふうか》ちゃんはカッコいいね」

「所詮は女だけどな」

「うわ、雅《みやび》それ最低な発言。今の時代抹殺されても文句は言えないヤツ」

「勘違いすんな。俺は同性の中で上に立ちたいだけだ、差別もクソもない」

性別が違う、だから本気で熱くなることは出来ないということか。

「だとしても誤解を生む言い方はちょっと問題あるけどね」

それもまた一理ある。もう少しオブラートに包んで表現しても罰は当たらないだろう。

オレがソファーから腰を上げると、その後南雲と朝比奈《あさひな》も立ち上がった。

３人で休憩室を後にする。

「おまえもこの後は練習でも何でもして対策しておくんだな」

「そうします」

「あーやっと出てきた。もうお話は終わりましたよねぇ？」

解散寸前、廊下の先から待ちくたびれたとばかりに、天沢《あまさわ》が顔を出し近づいてきた。

南雲《なぐも》は天沢の登場と言葉に、やれやれと後頭部を掻《か》く。

「俺の指示が聞けなかったのか？　後にしろって言ったよな？」

「いいじゃないですか。試験中は人の倍働きますからぁ」

「今のところその言葉は信用出来ないな。次に勝手なことをしたら出番はないと思え」

「厳しーっ。分かりました、ちゃんと言いつけは守ります」

「雅《みやび》、この子って……えっと……」

「天沢だ。1年Aクラスの」

「あぁそうだ。天沢ちゃんだったね。雅のグループに呼ばれるなんて優秀なんだ？」

「まあそれほどでもありますけどー」

学力、身体能力共にOAA上で希少なAに達しているため不思議な話ではない。

しかし総合力、そして機転思考力を加味して考えれば、天沢は必ずしも選ばれる筆頭候補ではない。

「コイツは俺が評価してたわけじゃない。どこで噂《うわさ》を聞きつけたのか、次の交流会のことを知ってやがったのさ」

「だからあたしから自分を売り込んだんです。1位に貢献しますって」

「正直、採用するかは少し悩んだけどな」

それが天沢《あまさわ》の性格によるものなのか、オレとの関係性を疑ってのものなのか、具体的に南雲《なぐも》が口にすることはなかった。結局採用したのは、些細《ささい》なことだと判断したからだろう。

「おまえも自分のグループをまとめ上げないといけないだろ、なずな。仮にもAの生徒なら勝ちを狙ってやれ。いつまでも俺たちに構ってていいのか？」

「え、うわホントだもうこんな時間!? 私もう行くけど困ったことがあったらいつでも相談してね！」

携帯で時間を確認した朝比奈《あさひな》が慌てて駆け出す。途中スッ転びそうになりながらも角を曲がり背中が消えて行った。

「なずなの奴《やつ》、あれでグループを引っ張れるのか……？」

呆《あき》れてため息をつく南雲に、天沢がニヤリと笑い身を寄せた。

「もしかして朝比奈先輩と付き合ってたりするんですか？」

「あ？ 付き合ってねぇよ」

「でも綾小路《あやのこうじ》先輩と大事な話があるから後にしろってあたしには言ったのに、朝比奈先輩は傍《そば》に置いてたわけですよね？ それって特別ってことですよね？」

特別＝恋人というのは飛躍しすぎている気もするが、どうだろうか。

「おまえには関係ないことだろ」

「え〜ありますよぅ。ほら、あたしが南雲先輩を狙ってるならライバルになるし」

「もうすぐ卒業する男を狙うのか？」

「あたし我慢強い女なんで遠距離恋愛には寛容なんですよね」

「悪いが俺は猫被《かぶ》ってたり、媚《こ》びを売ってくる女は嫌いなんだ」

そう一刀両断にする南雲に対して、天沢は傷ついているようなオーバーリアクションを取った。多分そういうところを毛嫌いしているんだろう。露骨に視線を逸《そ》らす。

「俺はもう行くぜ。精々頑張れよ綾小路」

南雲が立ち去った後、オレと天沢だけが廊下に取り残される。

「嫌われちゃいましたかね」

「わざと嫌われるようなことを言ってたらそうなるだろ」

「でもほら、綾小路先輩も嫌われてるから同じ仲間になりたいなって」

どういう仲間だ、それは。

「付き合ってないのは本当だと思いますけど、それにしては特別な感じしますよねぇ」

「まあそうだな。少なくとも友人の枠は超えているように見える」

その部分は否定どころか納得のいくことなので、天沢に同意しておいた。

「ところで、交流会のことは事前に知ってたらしいな」

「どんな交流会が実施されるのか、あたしたちは事前に詳細を聞かされていましたから」

あたしたち、とはあの男が用意し月城《つきしろ》に管理させた八神《やがみ》のことも含まれている。

この学校に入学した時点で1年間のスケジュールを聞かされていたようだ。

オレを退学させるのなら事前情報を与えておいた方がいいからな。

「わざわざ南雲《なぐも》と組むことを選んだ理由は分からないけどな」

「え？　だって単純に勝つ確率が高そうじゃないですか。仮にも生徒会長だったわけですし。あたしも年頃の女の子だからプライベートポイントは欲しいですよ」

そう答えた天沢《あまさわ》だったが、それが嘘《うそ》なのは明らかだった。

だが、特に本音を隠そうとも思っていなかったのか、すぐに訂正する。

「そろそろ南雲先輩と綾小路《あやのこうじ》先輩が勝負するだろうなーって思ってたんで。綾小路先輩の仲間になってサポートするのも良《い》いかなって気持ちに一回はなったんですけど、それじゃ面白くないじゃないですか」

「それが理由か」

「それが理由です。あたしが南雲先輩の方に味方すればちょっとは良い勝負が出来るかなって思ったからだったんですけど……」

はあっ、とため息をついた天沢が頬《ほお》を押さえる。

「南雲先輩の落胆が目に浮かびますね。学校が用意したリストはホントにゲームばっかりだし。先輩とじゃんけんしたりトランプで勝負して勝っても流石《さすが》に嬉《うれ》しくはないし。わざわざ敵対する必要なかったなあって」

「こればかりは仕方ない話だ」

「南雲先輩から先に聞きましたけど、勝負の方法って綾小路先輩が3敗したら負けなんですよね？　どんな形でも負けるところが見たい気持ちは伝わってきました。どのような結果になるか楽しみにしておきますね」

「楽しみになればいいけどな。呆気《あっけ》なく3連敗して負ける可能性だって十分ある」

実際、内容次第ではオレが手も足も出ず負ける可能性は大いにあるからな。

「でも少なくともあたしや南雲先輩は、そうは思ってないですから」

「南雲の気持ちも分かるのか？」

「茶々を入れるあたしが話し合いの場に来るのを拒むくらいですしね」

「拒まれたのに、挨拶するためにここに来たのか？」

「いけませんでした？」

いけなくはないが南雲の反感を買ってまで無理に接触してくる理由にはならない。

グループを組んで出番を多く貰《もら》うためには、能力だけでなく気に入られるかどうかもポイントになってきそうなものだが。

「それじゃ、あたしもグループに呼ばれてるんで戻りますね。また後でっ」

ひらっとターンして、天沢《あまさわ》は陽気に去って行く。

何気ない天沢との会話だったが、1つだけ引っかかることがあった。

天沢は事前に月城《つきしろ》辺りから、今回の交流会について知らされていたことは口にしていたが、それなら先ほどの会話にはちょっとした矛盾が生じる。

「何を企《たくら》んでるんだかな」

少し調べておいた方がいいかもしれない。

3

間もなく交流会の第一回戦の詳細が伝えられゲームが始まる。

オレはその前段階として、相部屋で携帯を弄《いじ》っている橋本《はしもと》に今回の件を伝えておくことにする。

全部のゲームに参加することを黙っていても不自然な現象に橋本はすぐ気が付く。仲間内で探り探られをするのは無駄で、それを避けるためだ。

南雲《なぐも》とちょっとした遊びをする。ライトに内容は伝えたものの、やはり元生徒会長との勝負であることに変わりはなく、橋本は終始驚いた様子を隠せずにいた。

そして話を聞き終えると展開に理解は示しつつも、繰り返しため息をついてくる。

「俺の想像してる斜め上のことをやるよな。おまえはさ」

「オレが望んだ展開じゃない」

「だとしてもだ。南雲先輩が相手の勝負とかとんでもない話だぜ。しかもグループ戦の結果じゃなくて、あくまで綾小路《あやのこうじ》の個人成績ってところが凄《すげ》ぇ話だ。求められてるのも19戦17勝なんてよ」

苦しい展開が予想されるはずだが、橋本は妙に嬉《うれ》しそうだ。

「それだけおまえが買われてるってことだろ。俺の見る目はやっぱり正しかったな」

「緩い交流会とはいえ身勝手なことをすることに変わりはない。グループの輪を乱す行為に該当する。だからこそグループの連携を崩さないための交流を頼みたい」

「それで俺の出番か。言いたいことは分かるが多分心配無用だぜ」

「というと？」

「考えてもみろよ。これが楽しいゲームってことなら参加の席をこぞって競い争うかも知れないが、高校生が押し花や刺繍《ししゅう》なんて作り合って競うことを全員が全員率先してやりたがると思うか？　ないな」

オレは大いに興味があったが、どうやら他の生徒はそうでもないらしい。

「だから綾小路が全部に参加するってのはむしろ手放しで歓迎されるはずさ」

その考え通りになってくれれば、こっちとしてはありがたい限りだ。

「交流会そのものは勝ちに行くのか？　鬼龍院《きりゅういん》先輩のやる気はどうなんだろうな。都合上知ってると思っていいんだろ？」

「ああ。だがどうだろうな。全くやる気がないわけじゃないだろうが、南雲《なぐも》くらい張り切ってるわけではないと思う。下手すれば後輩に丸投げの可能性もある」

あくまでも鬼龍院の興味はオレの戦績による南雲との勝負だけ。

卒業前に余興を楽しもうという、その程度のもの。

「俺としちゃ今回得たプライベートポイントの使い道は小遣いにしかならなくても、その分今持ってるプライベートポイントを有効な使い道に回せるんだ、1個でも上の順位を狙って賞金を貰《もら》いたいのが正直なところさ」

内にも外にも敵を作っている橋本《はしもと》にしてみれば、確かに軍資金は重要だ。

「何にせよ、綾小路《あやのこうじ》も1年とは仲良くなっておいた方がいいな」

「仲良く……か」

「1年と和気あいあいと過ごすのはハードルが高いと？」

少しだけ考えた後オレが頷《うなず》くと、橋本は膝を叩《たた》き立ち上がる。

「よし、そうと決まれば善は急げだ。まず、俺が夜までに1年たちの緊張をほぐして仲良くなっておく」

橋本は1年生たちと距離を詰めることに難はないらしく、即座に言い切った。

「その時に情報も可能な限り引き出すが、鬼龍院先輩が動かないなら綾小路の力も必要不可欠だ。だから夜になったら1年と仲良くなるための協力はちゃんとしてもらうぜ？」

見返りもなしに要求だけは出来ないし手伝うのが筋というもの。

グループで勝ちを狙う橋本のサポートくらいはした方が良さそうだ。

「そうだな……。もちろんそれが出来るならそうしたいと思ってる」

ただ自信がないことだけは早めに伝えておいた方がいいだろう。

そう思ったがそんな感情など橋本には見透かされている。

「そこは俺に任せとけって。こういうのは割と得意にしてることだからな。俺としても綾小路の手足として動かせてもらえるのはありがたい。姫さんへの牽制《けんせい》にもなるし、龍園《りゅうえん》だって無視できることじゃないだろうからな」

こちらに協力しつつ、自己の利益にも繋《つな》がる行為として進めようとしている。

打算を持った考え方は悪くない。

むしろ利害関係が明白にあるのなら、善意だけで受けられるよりもよっぽどいい。

「ちなみに南雲先輩に勝った時の祝儀ってのは幾らくらいなんだ？」

「さあな。詳しい数字はあえて聞いてない」

「3年の代表ってことを考えれば、数千、数万ぽっちってことはないよな？」

知りたいのは額ではなく、その賞金の行方だろう。

「分かってる。勝てばグループにはしっかりと分配するから安心していい」

「それを聞いて安心したぜ。ただし、均一じゃなく活躍に応じて差額を付けてくれた方が俺としちゃ嬉《うれ》しいところだ」

強制ではないが、率先して動く自分には多く支払ってほしいことを明確に伝えてくる。

「んじゃ、ちょっと行ってくるぜ。空き時間の間に話の1つや2つ出来るだろ」

1分1秒を惜しむように、橋本《はしもと》は相部屋を早歩きで後にした。

4

こうして迎える交流会初日、その第一回戦。

オレたちのところに学校側からゲームとルールの通達が行われた。

対戦するグループは第9グループ。堀北《ほりきた》クラスからは池《いけ》、啓誠《けいせい》の2名が参加しているところだ。

そのゲーム内容は『押し花作り』。場所は押し花教室。

これを聞かされた生徒の中には鼻で笑う者もいるかも知れない。

しかしオレは至って真剣だった。

どうやって押し花で競い合うのかという話だが、今回のケースで言えばその完成度が求められる。

多数用意された花の種類からの組み合わせ。

適切な水分量の花びらを探せるかどうか、そして大小適切な花材の選択。

繊細だからこそ、破らず傷つけずに仕上げられるかどうか。

それらの総合点で勝敗を決するということだ。

まだ合宿場について間もないことや呼び出しなどもあったことで、何一つ体験できていないためぶっつけ本番。

直前に軽くレクチャーを受けたが、想像より遥《はる》かに奥が深そうだった。

作業自体は参加者全員が同時に行い、最終的に1対1の形式で優劣を競い合う。

なので1番手から5番手まで、誰が担当するかも事前に決めてある。

指定の制作場所には、両グループの参加者10名とリーダー2名、そして橋本も含めた幾人かのギャラリーが集まった様子。

中には南雲《なぐも》グループの生徒で、1年Aクラスの高橋修《たかはしおさむ》の姿もあった。

ちなみに今回指示に従い、オレは3番手として参加だ。

「綾小路《あやのこうじ》先輩って押し花もされるんですか？」

対戦相手の中にいた1年Dクラスの七瀬翼《ななせつばさ》がこちらに歩きつつ聞いてきた。

「いやいやったことはない。軽く友人に指導を受けたくらいだ」

ちなみにその友人とは、ひよりのことだ。

昔から押し花を使った本のしおりを作っていて経験は豊富らしい。

「そうなんですね。男子で参加するのが綾小路《あやのこうじ》先輩だけなので得意なのかと」

手先の器用さを求められることもあってか、七瀬《ななせ》が言うように10名中9名が女子。

男子としての参加者はオレだけと、ちょっと浮いてしまう形だ。

南雲《なぐも》との勝負があるので——は、無関係の七瀬に話す必要がない。

「私も1回か2回しかやったことがないので、上手に出来るかは分かりませんが」

「お手柔らかにな」

採点基準は割とあやふやになる可能性も危惧したが、施設を運営している押し花の担当者がしっかりとついていたようで、厳しく判定される。

幸いにも3番手として対戦相手になった1年生の女子は、然程《さほど》上手ではなかったため真っ向から戦い勝利することが出来た。

そしてグループの勝敗の方はと言えば、5番目まで判定がもつれたものの辛くも3勝2敗で勝利した。

「凄《すご》いですね綾小路くん。初めてなのにとても上手に出来ていると思います」

「ひよりの出来栄えと比べると話にならないけどな」

どちらもパッと見は綺麗《きれい》な押し花なのだが、クオリティは天と地の差がある。

対戦相手だったなら、完膚なきまでの敗北を突き付けられていただろう。

「綾小路くんにはセンスがあります。今度、良かったら一緒に作りましょう」

「そうだな。オレももう少し上手《うま》く作れるようになりたいところだ」

強敵が仲間だったことに安堵《あんど》しつつ、ひとまず個人戦で1勝出来たことは大きい。

出来ればこの後、押し花教室に残って黙々と作りたいくらいだ。

何なら3日間、ずっと押し花をやっていてもいい。

そんな感情も湧いてきているが、それは残念だが封印しなければならない。

すまない押し花、また後で……。

1回目の対決が終わった後、鬼龍院《きりゅういん》は密《ひそ》かにオレへと声をかけてきた。

「ひとまず勝利からの滑り出しだな。緊張感は全く感じられなかったが」

「まあ、そうですね」

そう答えつつ、オレはかなり真剣だったことは黙っておく。

制作中も私語などは自由だったため、見ているギャラリーには退屈に思えてしまうのも仕方がない部分だしな。

「しかし体験学習による勝負なら誰が勝っても負けてもおかしくない。学校側の趣旨を汲《く》めば実に面白い決め方でもある。単純にOAAの能力が高い生徒だけを寄せ集めても意味がないからな。どのグループにも勝ち目が出てくるというものだ」

流石《さすが》の南雲《なぐも》も堀北《ほりきた》たちが押し花を上手《うま》く作れるかどうかを予見、見定めることは出来なかっただろうしな。

とは言えそれはこちらにも言えることだ。

何が出来て何が出来ないか。隙間時間を使って1つでも多くの体験学習を経験させて技術を高めておく。本来リーダーならそれらの役目を務めなければならないんだが……。

「橋本《はしもと》が動いてこのリストを作ってくれたからやりやすい。存外使える男だな」

リーダーとして面倒なことを避けられるため、鬼龍院《きりゅういん》は歓迎しているようだった。

まあ別にそれもいいだろう。ムキになって勝ちを狙わず、3日間楽しむのも良《い》い。

「このまま進むなら先輩が采配を振る要素はほとんどないに等しいですね」

「ありがたい限りだ。私が見届けたいのは綾小路《あやのこうじ》と南雲の勝負だけだしな」

こちらの読み通り基本的に何もするつもりはないらしい。

「期待に沿えるような結果になるとは思えませんが」

そんなやり取りを鬼龍院としていると、こちらを見ている井《い》の頭《かしら》が1人でいた。

状況から察するに、1回目のゲームには参加はしなかったんだろう。

確か裁縫が得意と言っていたし押し花も好きなのかも知れない。

空いた時間で押し花体験をしに来たのかと思ったが、そうではなさそうだ。

「どうした井の頭」

気になったので声をかけると、ちょっとオドオドしつつも近づいてきた。そんな様子を見て話しやすいように配慮し鬼龍院が一歩下がる。

「あの……あ、綾小路くんって高円寺《こうえんじ》くんと仲良い、ですよね？」

「いいや？」

即答する。あの高円寺と仲が良いなんてのは初めて聞く話だ。

「そうなんですか？　……そうですか……」

「どうかしたのか？」

「その、舘林《たてばやし》先輩に高円寺くんを連れ戻すようにきつく言われまして……」

舘林は井の頭、高円寺が所属するグループ、3年Dクラスのリーダーだ。

「随分怒ってたもんな」

「はい……」

同じグループ、クラスメイトとして気弱な井の頭が責任を押し付けられた形だろう。

「綾小路くんなら、何とかしてくれるかも知れないと思ったんですが……」

さっき現場を近くで見ていたし、目も合ったからな。

藁《わら》にも縋《すが》る思いで頼って来たのだろうが、如何《いかん》せん相手が悪すぎる。

「洋介《ようすけ》に頼ったらどうだ？」

一番手ごろな解決策を提示してみるものの、井の頭が首を振る。

「そんな、平田《ひらた》くんには、こんなこと頼めません……申し訳なさすぎます」

オレになら頼んでいいのか……？　まあ、面倒見の良い洋介《ようすけ》と比較するのは失礼な話だが。あいつは頼まれたら引き受けるし、高円寺《こうえんじ》が戻らなければ戻るまで説得を繰り返す可能性が高い。

「悪いな。手は貸してやれない。申し訳ないと井《い》の頭《かしら》が考えるのも頷《うなず》けるが。力にはなれないからな」

「そうですよね……すみません、何とか、してみます……」

軽く頭を下げてトボトボと井の頭は歩いて行く。

「このまま放っておいていいのか？」

「気の毒だとは思いますがあの男はこちらの思惑通りには動いてくれません。こっちも2年間、色々試した上での結論です」

「無論決めるのはそっちだ。細かな事情はさておき彼女が最初に頼って来た事実は大きいぞ」

「変なところで真面目ですね。否定しませんが乗り気にはなれません」

オレの中で高円寺に対する考え方、方針は前回みーちゃんと一緒に接触した時に既に固まっている。退学の危機が迫る特別試験でもない今、不用意な接触とコミュニケーションは取るだけ無駄だ。

「次のゲームまでまだ少し時間もあるし、ひと肌脱いでみたらどうだ。見たところ舘林《たてばやし》のグループは小粒ばかりで勝ちの目は薄いが、高円寺が有能なら多少は状況がひっくり返るかも知れない。そうだろう?」

他人のことを気にする人物ではなさそうだが、それをこっちが言うのはお門違いか。

色んな体験をしたいのだが、中々その機会には恵まれそうにない。

「分かりました。ひとまず接触してみます。高円寺も勝てばプライベートポイントが貰《もら》えることは好意的に受け止めるかも知れませんしね」

「それがいい」

実際、高円寺のモチベーションを引き出せるとしたらその要素しかない。

厄介なことを頼まれたものだと思いつつ、当たるだけ当たってみることにしようか。

5

インターバルの30分間。その間に高円寺を見つけたいところだが、そう簡単な問題じゃない。

高円寺の相部屋に行ってみたが当然不在で、ロビーや休憩室にもその姿はない。

5分ほど建物の中をうろうろしながら、時折見かけた知り合いに声をかけつつ情報を集めていき、有力と思われる手掛かりを入手した頃には次のゲームまであと20分ほどとなっていた。

高円寺《こうえんじ》を探して建物の裏手から少し山道に入ったところ。

昔、ドッグランとして使われていた開けたグラウンド場へと辿《たど》り着《つ》く。

既に使われなくなって久しいのか、だいぶ荒地になってしまっているようだ。

「色々探すのに手間取った。こんなところにいたのか」

荒地を馬の如《ごと》く力強い足で蹴り上げ、愉快そうに走っている高円寺を見つける。

1人で何をやっているんだと思わなくもないが、高円寺なので気にしたら負けだ。

現れる確率の低い見物客を見つけた高円寺は速度を落とし、こちらへと近づいて来る。

無視され続けるかと思ったが、ちょっと意外だった。

「綾小路《あやのこうじ》ボーイ。この私に何か用かな？」

単なる気まぐれだとは思うが、折角《せっかく》のチャンスを無駄には出来ない。

「おまえがグループから独断で離れるところを近くで見てたからな。どういう心境なのか
ちょっと声をかけておこうと思ったんだ」

「そうかね。誰かが私の力を当てにして呼び戻しに来たのでないなら良《い》いのだがねぇ」

やっぱりこの男に建前のようなものは必要ないか。

「井《い》の頭《かしら》が困り顔でおまえを探して回ってたぞ」

「それで？」

「戻ってちょっとはグループに協力してやったらどうだ？」

「答えなど分かりきっているだろう？」

「分からないな。協力しないのはどうしてだ？」

「特別に教えてあげよう。１＋１＝２。何度解いても答えは変わらないからさ」

「それは見方による。十進法ならその通りだが、二進法なら１＋１＝10だ」

ふざけた解答に対してふざけた内容で返すも高円寺は笑みを崩さない。

「フッフッフ。君もユーモアだね。しかしその解答はナンセンスだ。捻《ひね》くれた頭、単なる論理に偏った思考で物事を見るからそうなるだけで１＋１＝２が答えなのさ。この世は常に単純明快なのだよ」

高円寺はこちらと相容《あいい》れる気がないことを含め、改めてそう表現する。

「私の力などなくとも彼らのタクトで勝利を収めればいい。違うかね？」

「おまえのグループにその力はない。だからこそ高円寺に配慮したつもりだ。ここでおまえの存在感を示しておけば印象も良くなる。後々楽になるんじゃないのか？」

「私は自分自身が唯一の最高にして最強の人間であると自負している。周囲に見せる必要などないのさ。君の質問、全てナンセンスだねぇ」

高円寺はそう鼻で笑い、こちらに対して背を向ける。

「今回、私は完全にオフを頂くことにしているんだ。つまり、一切合切交流会には関与しない。ゲームも5人いれば滞りなく行えるだろう？　ぜひ伝えておいてくれたまえ」

確かにグループ全員が集まり交流会をする義務はない。

高円寺《こうえんじ》が非協力的であるのなら、それはもう誘うだけ時間の無駄ということだ。

「オレも人に言えたことじゃないが、理解不能な非協力的部分はどうにもならないか」

「ふむ。理解不能か。君は私がどうして非協力的なのか理由が知りたいかね？」

諦めて引き返そうとすると、呼び止められる。

「教えてくれるのか？」

「構わないよ。ただしその前に私から君に少し質問をしても構わないかな？」

こちらが振り返ると高円寺は話し始めた。

「もし、この場で前触れなくペーパーテストが行われた場合。そうだね、基礎学力が問われる内容のものを行ったとすれば、私と君のどちらが勝つと思うかね？」

これが高円寺でなければ、オレは真面目には回答しなかっただろう。

しかしここでは本心から語ることがベストであると直感する。

「オレが勝つだろうな」

迷うはずもなく即答するも、高円寺は驚かない。

むしろ想定していた通りの答えだと言わんばかりにすぐにこう答えた。

「君のその自信の高さは悪くない。ならその答えが、この場はイエスだと仮定しよう。で

「ある時、私と君の優位性、優秀性、人間としての価値はそれだけで決まると思うかね？」

「ノーだな。それだけでは決まらない」

あくまでも基礎学力における筆記試験の差が出たに過ぎないからだ。

「では次に——私と君が本気で戦えば、その結果はどうなると思うかね？」

頭脳がどうとか、そういうものを取っ払った強さに対する質問。

高円寺六助《ろくすけ》を2年間見てきた上で、オレの中で答えは既に出ている。

「特定のルールに基づいた戦いなら、高円寺に分があると考える」

体格や筋肉量など、肉体面だけの優劣では間違いなく高円寺に軍配が上がる。

これは絶対に覆すことの出来ない数値だ。

ここにルール、ボクシングや柔道などの決められた範疇《はんちゅう》の戦いを強いられた際、高円寺のスキルが同等以上に高ければ苦しい展開を強いられる可能性は否定しきれない。

「ファニーな表現だ。私とは違った回答だが、君の考えはそれとして評価しよう」

あくまでも高円寺の視点では、ルールの有無に関係なく負ける可能性は無いと見ているようだ。もちろん、実際に戦ってみなければ誰にもそれは否定できない。

「これらの情報だけでどちらが上か下かを判断できると思うかい？」

「難しい問題だな。だが一般論で考えるなら、第三者が客観的かつ公平に、筆記試験だけでなく、肉体面も含め様々な総合観点から双方を評価して数値化するしかない、といったところだろうな。だがそれでも人間の価値を相対化出来ているわけじゃないが」

「正解だよ。どれだけ客観的に見ても人間の価値を見定めることは容易には出来ないのさ。総合的な観点などと言ったところで、全ては見えないのだから」

「それでも必ず比較しなければならないのなら、今言った方法を支持する」

「私は違うよ綾小路《あやのこうじ》ボーイ」

「なら、おまえはどうやって人間の価値を判断するんだ？」

こちらからそう聞かれるのを待っていたように、高円寺《こうえんじ》はニヤリと口角を上げる。

「答えは至極シンプルさ。私か、私でないか。それが優劣を決定付ける」

割と考えさせられることを言っていたのに、結局着地点はそこになるのか。

「そう自負できる根拠は？」

「いいとも教えてあげよう。その根源は適応力にあるのさ。私は如何《いか》なる環境にも屈さない。如何なる環境でも生き延びるだけの自信がある。大企業の中だろうと猛獣溢《あふ》れるジャングルであろうと、完璧にパーフェクトに順応する力がある。これは第三者などには計れない部分さ」

完璧とパーフェクトが重複していることなど、百も承知だろう。

「長々と質問と回答を繰り返した意味はなかったな。おまえが完璧でも協力しない理由とは無関係じゃないのか」

「だとすれば君の理解が及ばなかっただけさ。君は何もできない幼稚園児たちと肩を並べ、真面目に取り組めるのかね？　私にとって周囲の者たちとはそれほどの開きがある。わざわざ無人島試験で1位を取ったのも、そんな園児たちと距離を置くためさ」

周囲を下に見ているからこそ、横並びで競い合う気にはならない。

それが高円寺の非協力的な理由か。

「この学校には向いてないな」

「私と君は全く異なる存在だが、多少似た目線を持っていると見ていたのだがね、それを君に言われるとは。私としてもこの学校に入るくらいなら中国でも再訪して修行に身を投じた方が有意義だと思っているさ。そう出来ない事情がこっちにもあるのさ」

どう考えても手詰まりだな。

突き詰めてしまえば、協力するかしないかは自分が判断すること。

己を貫く高円寺が悪いと論ずることは当然出来ない。

「残念だな高円寺。おまえなら今とは違ってもっと良《い》い形で注目も集められるのに」

「周囲に頼られ始めている、今の君のようにかい？」

「別にオレは大した注目を集めてないけどな」

お互い話すことは話した。

不思議なもので、高円寺とはこうして2人で話す機会に度々恵まれる。

去年の合宿でも似たような雰囲気だっただろうか。

目の前の対象が、どこまでも不可解な存在であることを再認識させられる。

「私をコントロール出来ないことは、もう理解しているのだろう?」

「ああ。そうだな」

「ではどうして私に構うのだろうね。今回私は君のグループでもないのに」

確かにおかしな話だ。

今、オレの状況を他人が見れば放っておけばいいじゃないかと口を揃《そろ》えるはず。

時間を浪費し南雲《なぐも》との賭けにも影響しかねない。

「ダメと分かっていても、それでもついトライしてしまうのは――」

「一歩クラスから飛び出せば堀北《ほりきた》ガールを守れない。からだろう?」

こちらの思考とリンクするように、高円寺《こうえんじ》はそう口にした。

オレは高円寺の存在が、この先戦って行く堀北にとって邪魔な障害になると見ている。

この男はそれを見抜いている。

只《ただ》ならぬ野性の勘だけは本当の意味で計算外だ。

多くのヒントを与えていないにもかかわらず、先々を肌で感じ取っているのか。

「だったら迷うことはないさ。いつでも私を排除できるか試してみればいい」

「前にもそんな気はないと言っただろ?」

「フッフッフ。そうか、それならば仕方がないねぇ」

己こそが最高の人間だと信じて疑わない高円寺。

これまで何人か、オレが堀北クラスの今後のために改善を促した者はいる。

他クラスでも有益と思えば同じようにしてきた。

能力には申し分ないが性格に難のあるこの男も似たようなもの。

しかし高円寺に改善を促さないのは、処置に対するリスクと手間が高いと判断してのことだ。

無能な人間を、コインをひっくり返す単純作業で有能には出来ないのと同じ。

目の前の男は1つ2つのステップでは何も変わらない。

変えて戦力にするよりも邪魔になる前に排除した方が楽、それがこちらの結論。

「ではまた。私は自己を高める時間に戻るとするよ」

これ以上の話は無用だろうと、高円寺はまた走り出した。

少しだけそんな男の背中を見つめた後、オレも引き返すことにした。

6

高円寺の件を報告しようと、オレは合宿場の建物近くまで戻って来る。

だが肝心の鬼龍院《きりゅういん》の姿はなく、どこに行ったのか分からない。

何人かに聞いたところ、建物の東側にはちょっとした手作り感のある公園があるらしく、そこに歩いていく姿を見かけたとの話を耳にした。

次のゲームまであまり時間もないが、そんなところで何をしているのだろうか。

手作り感のある公園とは言ったもので木製の遊具が幾つか置かれていた。

こちらは錆《さ》びれたドッグランとは違いまだ普段から使われているのか、シーソーや平均台などは利用可能なレベルに見受けられる。

さて、肝心の鬼龍院は——2つ並べられたブランコにいた。

1人ではなく、同じ3年生の朝比奈《あさひな》と一緒に。

遠めに見る限りは、朝比奈が嬉《うれ》しそうに話しかけ、それに鬼龍院が温かな眼差《まなざ》しを向けつつ耳を傾けているように感じる。

珍しい組み合わせだなと思いつつ、高円寺《こうえんじ》の件を伝えようと近づいていく。

「普段、話す機会ってそんなに無いからなんか新鮮って言うか……ホント珍しいよね」

「私と話すことがそんなに嬉しいのか？」

「嬉しいよ。楓花《ふうか》ちゃんはホント、いつもカッコいいって言うか。憧れてる女子かなり多いんだから」

男子よりも女子にモテるタイプなのか、朝比奈は目を輝かせている。

それだけ普段、同じ学年でも接点を持てない生徒なんだろう。

鬼龍院《きりゅういん》の場合は特殊ケースだと思うがこんな形の交流も生まれているようだ。

「戻ったか綾小路《あやのこうじ》」

「何の話をしていたんですか？」

高円寺《こうえんじ》の件を伝えるのは後にした方が良さそうだ。そう考え話の内容を聞き出す。

「色々だけど、今は進路の話をしてたんだ。楓花《ふうか》ちゃんの進路気になってたから」

確か前に会った時には特待生になって大学へ進学すると言っていたな。

「それでどこの大学に行くの？」

まだ話は始まったばかりのようで、朝比奈《あさひな》はそう問いかける。

鬼龍院は隠すことなく自らの進路先として具体的な大学の名前を口にした。

当たり前に生きていれば、オレでも何度も耳にする機会のある有名な大学だ。

「そこの法学部だ。と言っても学部にこだわっているつもりはないが」

レベルの高い進学先に、朝比奈は自分では無理だと恐れ慄《おのの》く。

「楓花ちゃんって何を目指すつもりなの？」

「ん？　私は何も目指さないさ。何者にもなるつもりはない」

以前オレに聞かせてくれたように、ごく普通の人間として生きていく。

そんなことを朝比奈に言って聞かせる。

「えぇ～。それってちょっと勿体《もったい》なくない？　楓花ちゃんなら何にでもなれそうなのに」

持たざる者が聞けば羨む才能を発揮する気がない。

それは無駄なことでもあり、最大の贅沢《ぜいたく》でもあるだろう。

「何にでもなれるか。確かに自負もないわけじゃないが、十人十色、色々とあるのさ」

「じゃあ夢とかはないんだ」

「何者にもならないという夢がある。それでは答えにならないか？」

「それも夢かも知れないけど、やっぱり夢だったら大きいものがいいかなって。なれるかどうか、やっていけるかどうかは別にしても考えることってあるじゃない？」

Ａクラスで卒業見込みの朝比奈なら特にそうだろう。鬼龍院が理解しつつ笑う。

「そうだな。そういう夢を一度も考えたことがないわけじゃない」

「じゃあそれを教えてよ。私も目指すかも知れないし」

目を輝かせ続ける朝比奈にせがまれ、仕方なくといった様子で鬼龍院は口にする。

「もし何か大成するために職を選ぶなら、政治家を目指すかも知れないな」

「政治家!?　すご……でも普通政治家になろうって発想には中々辿《たど》り着《つ》かないよね……雅《みやび》とかだって、政治家なんて口にしたこともないし周りでも見たことないよ」

どんな経緯でその夢を抱いたのか、聞きたそうに耳を立てる朝比奈。

「話さなければダメか？」

「ダメ？　もう、ゆっくり話す機会も無いと思うし……聞きたいな」

そうお願いする朝比奈《あさひな》に、鬼龍院《きりゆういん》は特別だと言って理由を明かす。

「私は小さい頃、親族との関係性もあって政治家の先生たちと会うことも多くてな」

「あ、それでなりたいって思ったんだ？」

「いいや？　そういう機会があったからこそ政治家にだけはならないでおこうと思ったものさ。話も右から左に聞き流していた」

「あー、偏見だけど……政治家の人って悪い人が多そうだよね」

「その通りだ。大抵はテレビ、マスコミが取り上げるような腐敗し切った人間が多い印象だった。とても憧れる職業ではない」

だとすれば仮にも夢として名前を出すに至った別の理由があるのだろう。

「そんな腐敗した世界だからこそ、光を纏《まと》う者もいる。私が憧れた数少ない人さ」

「なんていう政治家なの？　私も知ってるかな？」

「鬼島《きじま》さんさ。今ではすっかり偉くなってしまったが」

「え、鬼島って、えぇっ？　あの総理大臣の？」

肯定する鬼龍院。朝比奈はかなり驚いたようだ。

「第一線で活躍しているあの方と同じ舞台を目指すことも悪くないと考えたものだ」

「だけど目指さない……んだよね？」

「今のところその予定はないな」

「なんか楓花《ふうか》ちゃんなら政治家にもなれそうなのに」

「色々あると言っただろう？」

目立てば目立つほど、鬼龍院の名前がついて回るのが嫌だと言っていたからな。

「どうせなら私の夢の代わりにおまえが政治家を目指さないか？　綾小路《あやのこうじ》」

「突拍子もない話が過ぎますね。政治の道なんて考えたこともありません」

「意外と良い線行《い》くのではないかと私の直感は言っているんだがな」

「オレは普通でいいです。どこか適当な大学に進んで、適当に就職しますよ」

「そうか。私も同じ道を目指す以上、それはそれでお互いに夢追い人か」

「雅《みやび》にしても楓花ちゃんにしても綾小路くんを誘うなんて、やっぱり特別なのかなあ」

「物好きに目を付けられてるだけです。次のゲームもそろそろ始まりますよ」

これ以上話し込むと遅刻は避けられない。

「あ、もうそんな時間？　急いで行かなきゃ！」

朝比奈はブランコから飛び降り、オレたちに慌ただしく手を振った。

「また後でね！」

「慌てて転ばないようにな」

「分かってるって！　わ、っとっと！」

駆け出した傍《そば》から転びそうになる。

同じような流れを一日に、しかも短時間で二回見ることになるとは。

「高円寺《こうえんじ》には会えたのか？」

「ちゃんと話してきましたよ。無駄骨でしたが」

ここにやって来た目的、オレは高円寺を交流会に参加させられなかったことを伝える。

「そうか。やはり高円寺のお坊ちゃんはコントロール不可能か」

「一応とっかかりを探そうとはしたんですが、取り付く島もなかったですね」

「おまえにも出来ないことがあるんだな綾小路《あやのこうじ》。私は嬉《うれ》しいぞ」

出来ない部分を褒められる。

「もしかして、この結果を見たくて行かせたんですか？」

「見たくなかったと言えば嘘《うそ》になるな」

他グループに肩入れするのが妙だと思ったが、何とも意地の悪い先輩だ。

「しかし舘林《たてばやし》は口が悪いからな。後輩が虐げられ続けるのは少々忍びないのも本当だ」

「高円寺に強く当たってくれればいいですが、あいつには響きませんからね」

それに実力は圧倒的な差がある。

万が一高円寺が牙を剝《む》くかも知れないということを考えて、舘林は抱えるストレスの矛先をグループ内の別の人間に向けてもおかしくない。

「仕方がないな。とりあえず私たちも2戦目に行くとしようか」

その後のゲーム展開はこうだ。

『陶芸』

これは全員が初心者なので、レベルの高くない戦いとなった。手先の器用さで一歩リードし勝利。

『卓球』×2
早くも2連続同じゲームが選ばれる展開だったが、卓球は何度か学校内で経験したことがあったため難なく勝利を収められた。

『アクセサリー作り』

こちらも押し花に類似した体験でどうなるか不安もあったが、対戦相手も未経験であるため対等以上にわたり合うことが出来た。

押し花も含め、全てのゲームに高橋《たかはし》がついて回っていたのは南雲《なぐも》が指示を出して、勝敗を確認させていたためだろう。

もっと運の絡む要素の戦いを強いられると思っていたが、総じて助かった初日だった。

そして、オレが5連勝したことも影響してか、グループも負けることなく5連勝することに成功した。

○堀北《ほりきた》からのお願いと綾小路《あやのこうじ》からのお願い

交流会初日の夜。

去年の合宿と一番大きく異なるのはここだろう。

それぞれに割り当てられた相部屋はグループ別に分けられている。

つまり1年生と2年生が同じ部屋で眠るということ。

1年生にとっても2年生にとっても性格次第では一番億劫《おっくう》な時間になる。

だからこそ橋本《はしもと》は早い段階で動き打ち解けられる環境を整えた。

それは功を奏していて、既に1年生たちは橋本に笑顔を向けながら話が出来るところまで距離を詰めている様子だ。

この部屋の8人の中では、圧倒的にオレが一番打ち解けられてない。

「初日に全勝できたのは大きかったですね、橋本先輩」

「対戦相手が決まるまで分からないから、正直どうなるかさっぱり予想できなくて」

豊橋《とよはし》と柳《やなぎ》が、嬉《うれ》しそうにそう話す。

今日の3回戦と4回戦、それぞれ卓球で出番があった影響もあるだろう。

新徳《しんとく》、小保方《おぼかた》も同様のようで何度か縦に頷《うなず》いているがどこか遠慮がちだ。

「すみません。僕たちまだ一度も参加していないのに……」

「気にすることじゃないぜ？　今日一日見たところ半数くらいの生徒は未参加だ。正直ゲームの要素はマジでオマケというか、参加していない生徒は生徒で、体験するのが仕事みたいなところがあるんだしな」

体験学習をして、ポイントカードにスタンプを集める形式。システムとしてどこまで生かされるだろうかと半信半疑だったが、思ったよりも活発に参加が行われているようだ。あちこちで友人や先輩後輩を誘って親睦を存分に深める時間が作れる良《い》い機会になっている。

本日行われた５試合で貪欲に勝ちを狙っているグループは見る限り１つも無かったが、その自由さが影響しているのかも知れない。

だからと言って１位に簡単に手が届くかと言えばそうではない。

今日のゲーム展開から考えるに、明日以降は少し厳しい戦いが待っているはずだ。

５戦５勝したグループがウチを入れて４つ。５戦４勝のグループが３つ。５戦５敗したグループも４つあるなど、勝敗の偏りからも分かるように交流会に対して両極端な方針を展開していることが分かる。

１勝、２勝しているグループの中には真面目に取り組んでいるところもあるかも知れないが、明日以降上位に食い込めないとなるとどうなるか分からない。

2日目以降、事実上半数ほどのグループと優勝争いをしていくことになりそうだ。

「南雲《なぐも》先輩のグループは何だかんだ優勝候補だよな」

2年Cクラスの小田拓海《おだたくみ》が、5戦を振り返りそう呟《つぶや》いた。

「僕もそう思いました。向こうも全勝だったみたいですしね」

あのグループの強みは、やはり多くの生徒が真面目なところが挙げられる。手を抜いても良いと考える生徒が1人もいないのは、今回のルールにおいて勝率に直結すると言っていい。

メンバーたちに様々な体験をさせ、経験を積ませているのが容易に想像できた。学力勝負じゃないことで対等な勝負が出来る側面もあるが、多くの生徒が未経験なゲーム内容が多いことでそうしたことから差が付きやすいとも言える。

「そうだ橋本《はしもと》先輩、俺のクラスのことなんですけど――――」

話は交流会のことだけでなく、他愛《たあい》もないプライベートな話題も飛び出す。

7人の会話を、オレはどこか他人事《ひとごと》のように距離を置いて見ていた。

グループが集合してまだ数時間なのに1年生たちはもう橋本を慕っている様子が見て取れ、今も橋本を中心に自然と話が盛り上がっている。

自ら得意だと自負するだけあって、流石《さすが》としか言いようがないな。

ずっと前からの知り合い、友人だったかのような関係を築き始めている。

周囲と溶け込むことを得意とする人物には洋介《ようすけ》なども当てはまるが、それとはまた違ったタイプだ。

ちょっと不服なのはちゃっかり小田《おだ》も割と馴染《なじ》んでいたことだが……。

「ただまぁ、色々と意外な一日だったな」

橋本《はしもと》は学校から通達された各グループの勝敗を記録したメモを片手に唸《うな》る。

「龍園《りゅうえん》のところが2敗、坂柳《さかやなぎ》のところに至っちゃ3敗。下手すりゃ明日で優勝争いから脱落だぜ」

今日、オレたちはその2グループとも対戦がなかったので詳細は不明。

橋本も1年生を取りまとめる役を買って出なかったらもっと情報を集めていただろうが、そこまでは手が回らなかったようだ。

「なんか意外ですね。坂柳先輩っていつも強いイメージが勝手に定着していました。流石《さすが》に3年生が指揮をしているんで勝手が違うんでしょうか」

OAAによる情報では井木《いき》という3年Dクラスの生徒の成績は全般的に芳《かんば》しくない。特に学力面ではD＋とかなり物足りない数値。このことからも進学組による参加ではなさそうだ。

「坂柳が勝つ気なら3年だろうと何だろうと指揮権を乗っ取るのが普通さ。南雲《なぐも》先輩や鬼《き》龍院《りゅういん》先輩が相手でも一歩も引かずにな。まして井木先輩だろ？　どう考えても速攻で主導権を奪いに……いや、それ以前に有能な仲間に全部任せたいと思うタイプだからな」

どうやら橋本の方は多少なり井木がどんな人物かを知っているようだ。

「じゃあ単純に戦力不足、ですかね？」

ここまで口数の少なかった小角《こすみ》がそう呟《つぶや》くも、豊橋《とよはし》がすぐに否定する。

「少なくとも1年は結構いいメンバーだよ。2年生だって、多分そうですよね？」

豊橋の言う通り坂柳の配属されたグループはけしてそこまで悪くない。井木も勝つ可能性を考慮して選んだであろうと思われる、それなりに優秀なメンバーが両学年共に揃《そろ》っている。

だからこそ、今日の勝負で格下と思われる相手に負けていることに橋本が疑問を抱くのは当然だった。

「特別試験だろうが交流会だろうが、勝ちを狙ってくるのが坂柳さ」

傍《そば》で尽くして来たからこそ、誰よりもそのことを知っていると橋本が口にする。

3敗の結果を見て橋本の頭の中にも、もしや、という考えが浮かんではいるだろう。

「俺もそう思う。何か企《たくら》んでるんだろうか」

小田も坂柳の3敗に引っかかっているようで考え込む様子を見せた。

とは言えここで考え込んでいても答えが出るものではない。

やがて7人は全く関係の無い話題で盛り上がり始めた。

しばらくして橋本《はしもと》は1年生から距離を取り、離れて見守っていたオレのところへと歩いてくる。その途中テレビのリモコンを手にして、わざとバラエティ番組を映して室内を騒がしくした。

「もしかして、神室《かむろ》を失ったダメージはデカいってことか？」

3敗した理由を思い描きつつ、確信を得たい橋本はそう問いかけて来る。

「かもな」

現状の結果だけでそうだと判断することは難しいが、否定材料も見当たらない。

「もし本当に弱ってくれてるなら、俺にとっちゃ好都合なんだけどな。このまま学年末試験に突入してくれりゃ勝機も掴《つか》める」

言葉通りだが、この結果だけを鵜呑《うの》みにするほど橋本も単純じゃない。

「実際に坂柳《さかやなぎ》がどういう状況なのか探ってもらえないか、綾小路《あやのこうじ》」

「そういうのを探るのは橋本の得意分野だろ。オレの出る幕じゃない」

すぐに断りを入れようとしたが、橋本は念のためにと小声で耳打ちをしてくる。

「今回ばかりは勘弁してくれよ。俺は今Aクラスに一番警戒されてる男だぜ？　特に鬼頭《きとう》の奴《やつ》は相当怒ってるみたいだからな。今のところは坂柳が何も言ってないからいいが、裏切りを明確にした日にゃどんな手に出てくるか」

想像するだけで、と呟《つぶや》き身体《からだ》を抱き込む仕草を見せる。

しかしその表情は薄《うっす》らと笑ったままだった。

「その割には怯《おび》えてないように見えるが？」

「虚勢くらい張れないようじゃ、クラスを裏切ったりする資格は無いだろ」

それもまた一理あるな。

「それに俺は綾小路のお陰で吹っ切れた。そのことにも感謝してるぜ」

二者面談の日に部屋を訪ねてきた橋本は自分を全て曝《さら》け出した。

今はその時の恩恵でちゃんと前を向けているが、効果は一時的なものだろう。

実際に裏切ったことが影響を及ぼし始めればその限りではなくなる。

残された橋本の時間はそう多くない。

「綾小路なら顔パスで坂柳に接触できるだろ？」

気持ちを軽く出来たことは結構だが、それはそれ、これはこれだ。

「好き勝手色々と希望するのは勝手だが、いつからオレが橋本の味方をすることになったんだ？　揉《も》め事《ごと》に首を突っ込むつもりはないぞ」

「それとは切り離して考えてるさ。けど少なくともこの交流会じゃ仲間同士だろ。３敗してるっつっても坂柳がいる以上警戒すべき優勝争いの候補だ。明日ウチと当たることも踏まえて今のうちに偵察しておくのは悪いことじゃない」

グループ戦には強くこだわっていない男が、表向きの発言だけは勇ましい。

「もっともらしい理由だな。ただオレとおまえが同じグループである以上、いつもより坂《さか》柳《やなぎ》に警戒されることに変わりはない。有益な情報は期待してもらいたくないな」

「分かってる、あくまでもオマケ程度に認識しておくって。な?」

「……分かった。とりあえず動くだけ動いてみる」

「よろしく頼むぜ」

こちらとしても3敗した理由の方は知っておきたい。

得た情報をそのまま素直に橋本《はしもと》に渡すかどうかは別問題だが。

1

坂柳に接触するために一番手っ取り早いのは、言うまでもなく本人にコンタクトを取ることだ。ただ、それでは現在の状態を詳しく知ることは難しいだろう。オレを相手に本音で話す部分もあるだろうが、意図的に隠す部分も多いと予想できるからだ。

別の手として、坂柳の今の状態を詳しく知る者から間接的に情報を引き出す手もある。

だがこれにもリスクは伴う。こちらが坂柳の詳細を知りたがっていると知られてしまうことは避けられない。堀北《ほりきた》クラスからは本堂《ほんどう》と篠原《しのはら》が坂柳と同じグループに配属されているが、どちらも口が堅かったり演技が上手《うま》かったりするタイプではない。

ひとまず、オレはロビーに出てからゆっくりと考えをまとめることにした。

タイミング次第では出歩く坂柳を見つけることも出来るだろう。

「綾小路《あやのこうじ》くん」

ロビーまで移動したところで、1人の生徒がこちらに気付き近づいてきた。

坂柳と同じクラスの真田《さなだ》だ。

風呂上がりなのか、髪が濡《ぬ》れていて僅かにメガネに水滴がついているのが見て取れる。

「少しだけ話が出来ませんか。会ったら聞こうと思っていたことがありまして」

「別に構わない。聞こうと思っていたことって？」

こちらとしても真田に出会えたのはありがたい。

初日、坂柳の所属するグループとゲームをして勝利を収めているからだ。

「同じグループの橋本くんについて、です。色々と噂《うわさ》も耳にしてるんじゃないかな」

「神室《かむろ》の退学に一枚噛《か》んでた、みたいなことは」

「まだハッキリしていない以上は変に聞き出そうとは思っていないんですけど、真相に関係なく状態がどうなのか気になっていて……。どんな様子かなと」

今Aクラスは坂柳だけではなく、橋本にも大きな注目が集まっているからな。

真田のようにそちらの方を気に掛ける生徒がいてもおかしくない。

「特段普段と違うところはないな。強がってるだけにしては元気に見える」

「そう……それなら良かった」

「橋本《はしもと》もそうだが、坂柳《さかやなぎ》の方は何か変わったことはないのか？」

会話の流れのまま、オレは坂柳のことに触れてみる。

「学校で顔を合わせていた分にはいつも通りだったんじゃないかな」

「交流会じゃグループが3敗してるし、多少影響が出てるかと思ったんだが」

「どうでしょう。でもそうかも知れないですね。ただこっちに来てからはまだほとんど顔を合わせていないので詳細は分からないんです」

少なくとも真田《さなだ》は今のところ把握に至っていないと答える。

「だが今日は坂柳のグループとゲームをしたんじゃないか？」

その点を突いてみるも、真田は静かに首を横に振った。

「不参加でした。近くで見ていて指示を出す姿もなかったです」

たまたまそのゲームに不在だったのかも知れないが、交流会そのものにタッチしていない可能性の方が今のところ高そうだな。

「綾小路《あやのこうじ》くんは？　何か知っていますか？」

「生憎《あいにく》と何も。真田と持ってる情報は変わらないだろうな」

むしろそれ以下と言ってもいいだろう。

「坂柳さんもですが、橋本くんのことを少しでも気にかけておいてくれたら嬉《うれ》しいな」

「同じグループとして出来る限り目は配るつもりだ。ただ、詳しく事情を知らないオレが首を突っ込むことじゃないが、実際のところクラスメイトはどう思ってるんだ？　橋本が本当に裏切ったと考えてるのか？」

「それは——」

問いに対してすぐに答えられず、真田が言葉を続けられない。

「クラスメイトと直接話したわけじゃないですし、ここで誰が、なんて断定したことは言えません。だけどそうだと決めつけている人がいるのは確かですね」

先ほどの橋本との話からすぐに浮かんだのは鬼頭《きとう》だ。

口数が少ないタイプだが、Aクラスに対して従順な姿勢は常に保っていたからな。

それに神室《かむろ》ともよく一緒にいたことから相性も悪くなかったはず。

その後も少しだけ真田と話をしていると、遠めにこちらを見つめる堀北《ほりきた》を見つける。

何やら話しかけたそうな様子なので、ある程度のところで会話を切り上げた。

こちらが1人になったタイミングで堀北が近づいてくる。3年生は20人しかいないとはいえ、流石《さすが》に人数が多いと誰かと遭遇する可能性も高いようだ。

「ちょうど良《い》いところで会ったわ。少しお願いがあるのだけれど……良いかしら」

殊勝な態度でそう切り出した堀北だが、交流会に関する問題とは思えない。

南雲《なぐも》グループは初日から5連勝で無傷の1位をキープしていることは周知の通り。

「お願いとは？」

そう聞き返すと、堀北《ほりきた》に袖を引っ張られロビーの端へと移動を強いられる。

「あまり大きな声で話せることではないのだけれど……天沢《あまさわ》さんのことなの」

「おまえとは同じグループだよな。何か起こしたのか？」

内密な話となると、最初に浮かぶのはトラブル関係だ。

が、その読みは外れていたようですぐに否定される。

「少しお喋《しゃべ》りは過ぎるけれど何も問題行動はないわ。今のところ良《い》い子にしてる」

ひとまずそのことに安堵《あんど》しつつ、堀北から続きの言葉を待つ。

「彼女の身体能力が高いことは知っている？　格闘技にもかなり精通しているようなの」

「格闘技はさておき、ＯＡＡは見てるし何となく把握してる」

無難な相槌《あいづち》を打ちつつ、全貌が見えないため更なる言葉を促す。

「天沢さんから聞いていなければ初耳になると思うけれど、彼女にはちょっと『借り』があるの。普段の学校生活では返せないような」

格闘技、そして借りという言葉。

直接表現こそ避けていたが、天沢とはどこかで一戦交えたということか。

振り返れば深く考えるまでもなく、無人島試験くらいしか舞台はなさそうだが。

「経緯が想像し辛《づら》いな」

ここは話を聞けば大勢が言いそうなセリフを口にしておく。

「まあ、色々とね」

借りについては詳しく述べるつもりはないらしく、堀北はそう濁す。

こっちとしても無理に聞き出すほどのことではないので先に進めよう。

「それで？」

「私なりに日々精進はしているつもり。でも彼女に通用するレベルになっているのかは分からない。だからあなた相手に私の今の実力を評価してもらいたいの」

「天沢に借りを返したいのは分かったが、結構物騒な話だな」

「普通ならね。でも彼女の強さは普通じゃないもの」

「もの、と言われてもオレに天沢の実力がどうなのかは分からない。役には立てないな」

正確な相手の長さを知らなければ、物差しを用意したところで意味はない。

――まあ、実際は知っているんだが。

そこは心の声だけに留《とど》めておく。

「あなたなりに、私の強さを判断してくれればいい。もちろん可能ならちょっとしたアドバイスも貰《もら》えると嬉《うれ》しいけれど」

口ぶりからすると、むしろそのアドバイスが目当てなのかも知れない。

「リベンジを希望するのは勝手だが、天沢《あまさわ》には承諾を得てるのか？」

「それはまだよ」

でも、と堀北《ほりきた》はすぐに言葉を続ける。

「彼女がこちらからの提案を拒否すれば無理強いするつもりもないわ」

そう答えたものの、天沢が受けない選択肢を選ぶと堀北は考えていないだろう。

わざわざオレに打ち明けて、特訓を希望するくらいだしな。

「どうかしら……引き受けてはもらえない？」

「引き受ける以前の問題だな」

天沢を相手にするのは、相当に分が悪い。

幾ら堀北が敗れた後に鍛錬を積んでいたとしても、簡単に詰められるような実力差ではないと考えられる。

「その手のことならそこの伊吹《いぶき》に頼んだらどうだ？　喜んで相手をしてくれるだろ」

オレは、近くで隠れて聞いているであろう人物に向けてそう声をかける。

「チッ、気付いてたの」

心底鬱陶しそうに舌打ちをして、通路の角から顔を出す伊吹。

堀北も驚いていないことから2人で示し合わせたものであることは明白だった。

「生憎《あいにく》と、伊吹さんとはもうやり飽きてるわ。同じ相手ばかりとやり合ったところで成果は薄いもの」

隣に立っている伊吹も同様の借りがあるのか、似たような反応を見せる。

やれることはやった上での頼み事か。

「あんた強いんだから少しくらい相手しなさいよ」

「もしかして伊吹もやる気なのか？」

「ったり前でしょ。1年の小娘に負けっぱなしでいられるかって話」

拳を何度か突き出した後、綺麗《きれい》な上段蹴りを見せる。

それを叩《たた》き込《こ》んでやりたくて仕方がない様子だ。

意気込むのは結構だが、小娘と言っても天沢とは1つしか変わらない上、体格から何から全部伊吹の方が小柄なんだがな……。

「合宿のこのタイミングなら、やり合う場所には困らないと判断したんだな？」

「学校でバトルのリベンジをするには目立ちすぎるもの」

答えて小さく頷《うなず》いた堀北の意思は固そうだ。ついでに伊吹も。

「どうかしら……？　正直、あなたには何のメリットもない話なのだけれど……」

「確かに見返りはないな」

「でも、もし引き受けてくれるのなら対価としてプライベートポイントを――」

代償を差し出す覚悟もあるようだが、そんなものを受け取っても仕方がない。

「どこまで役立てるか分からないが、条件を呑《の》むなら引き受けてもいい」

オレは堀北《ほりきた》の申し出を遮りそう答える。

「ほ、本当に？ 完全に期待はしていなかったのだけれど……」

「双方合意だろうと学校でバチバチやり合うのはデメリットの方が多い。何かしらの借りを返したいのなら絶好の機会を逃したくは無いだろ。とは言え、夜中に出歩いてってわけにもいかないからな」

「ありがとう。願ってもない協力よ。それで条件というのは？」

天沢《あまさわ》とのリベンジに向け、呑ませなければならない絶対条件がある。

「まず1つは今日のうちに天沢に話をつけることだ。おまえは同じグループだし隙を見て話すのは難しくない。もちろん騒ぎにしないためにも第三者には悟られないようにな。タイミングは絶対に最終日の早朝。天沢にはそのタイミングで引き受けてもらえ」

可能性は低いが『受けない』と返事をされたが最後、特訓の意味はなくなる。

「当然の話ね、それは分かったわ。他の条件は？」

「話すのはそれをクリアしてからだ。天沢が引き受けないことには特訓も意味がない。それに夜中に合宿内でやるわけにもいかないだろ？」

こちらが引き受ける前提の話のため、全ての条件を聞かずとも異論はないだろう。

「私は今からでもやってやるけど？」

「あなたは黙ってなさい」

堀北は伊吹《いぶき》と違ってちゃんとした常識があるため、すぐに納得を示す。

「天沢さんから許可を貰《もら》えたら、メッセージを飛ばしておくわ」

「そうしてくれ。こっちも朝には動けるようにしておく」

天沢なら売られた喧嘩《けんか》を買わない性格じゃない。

むしろこの2人がリベンジを希望すれば喜んで引き受けるだろう。

この合宿は監視の目も少なく最適な場所であることは、向こうも分かることだしな。

頷《うなず》いた堀北が相部屋に戻ろうとするが、良《い》いタイミングだと思い引き止める。

「特訓のこととは関係ないんだが、１つ調べてもらいたいことがある」

「何かしら」

リベンジを申し込むつもりなら鋭い天沢の嗅覚を誤魔化《ごまか》すことも出来るだろう。

オレは堀北にちょっとしたお願いをする。

「よく分からないけれど、それを気にかけておくだけでいいのね？」

「ああ。天沢には言わずにな」

「分かったわ。それくらいなら大したことじゃないもの」

快く引き受けてくれた堀北に軽く礼を言って、この場は解散となった。

「さて……」

もう少しだけ坂柳《さかやなぎ》を探すとしようか。

しかし、適当に合宿所の中をうろうろとしてみたが坂柳に会うことはなかった。

午後9時が近づいた頃、流石《さすが》に人気も減ってきたため切り上げる。

部屋に戻ると橋本《はしもと》、豊橋《とよはし》、新徳《しんとく》の3人が風呂に行く準備をしてオレを待ってくれていたので、そのまま大浴場へと向かうことになった。

2

1時間ほど大浴場の風呂を堪能した後、風呂組の3人と相部屋近くまで戻る。

すると、3年生の舘林《たてばやし》がある部屋の前で不機嫌そうに立ち、小刻みに右足を動かしているところを目撃する。相当苛立《いらだ》っている様子だ。

「やっと戻ってきやがったな……」

そんな舘林が向けた視線はオレたち——ではなく更にその奥。

今日一日好き勝手に行動していた高円寺《こうえんじ》だった。

分かっていた結果だが、舘林の様子から察するにこの時間まで一度も接触できなかったんだろう。苛立つ先輩のことなど気にも留めず部屋の前へ。

「どいてくれるかな？　邪魔なのでね」

「あのなっ……！　どういうつもりなん――」

説教が始まる前に、高円寺は舘林の肩を押しのけて室内に入ってしまった。

無理にこじ開けたわけではなく、圧倒的な体格と力の差によるもの。

3年生の間にも高円寺の噂《うわさ》は十分広がっているはずだが、実際に絡んだ経験がなければただただ腹立たしく感じるもの。開け放たれた扉を閉めようともせず、舘林は室内に消えていった高円寺を追いかけた。

「け、喧嘩《けんか》になるんじゃ？」

1年の新徳《しんとく》が橋本を見てどうすべきかの指示を目で仰ぐ。

「ホント高円寺の奴《やつ》は大変だな。とりあえず様子は見とくか」

扉が閉まっていれば見過ごすことも出来たが、開け放たれているしな。

全員で、さり気なく中を覗《のぞ》く。

相部屋に入った高円寺の姿は、既に奥の一番端の布団の上にあった。

1年が3人と……2年生は高円寺以外出払っているらしいな。

仁王立ちで見下ろす舘林など認識していないかのようにストレッチを始める。

その様子を目撃した新徳と豊橋《とよはし》はどんな感情を抱いただろうか。

「俺、高円寺先輩に関わりたくないな……」

「同じく……」

考えるまでもなく、そんなことを口にしてドン引きしていた。

「何してたんだよ今まで！」

リーダーとしてのメンツもある舘林《たてばやし》が、そう問い詰める。

「私かね？　決まっているだろう自分磨きさ」

「は？　自分磨きだ？　わけ分かんねーこと言ってんじゃねえよ！」

どれだけ声を張り上げたところで暖簾《のれん》に腕押し、高円寺《こうえんじ》に響くはずもない。

「明日はちゃんと協力しろよ！　こっちはもう崖っぷちなんだからな！」

「それは無理な相談だねぇ」

一切舘林の方を見ることもなくそう答える高円寺。

覗《のぞ》き込《こ》む1年生たちの高円寺に向けられる目は、もはや冷ややかにすらなり始めた。

ちょっとやそっとの期間ではこの男への適応は難しい。

同室の後輩たちも身動きが取れず、ただ黙り込んでいるようだがとにかく空気が重い。

「無理な相談って、グループのことなんだと思ってんだっ！」

諦めず突っかかり続ける舘林。

そんなグループの仲間のことなど一切気にせず、高円寺はその場で布団をめくる。

「では私は端で眠ることにしよう」

「勝手に決めるな！　どこで寝るかは俺が決めるってことになってんだ！」

橋本《はしもと》がそっと入室すると、同室の1年生たちに舘林を止めるように要求する。

慌てて立ち上がり、舘林の傍《そば》に駆け寄って右往左往しながらも宥《なだ》める言葉をかけた。

両肩で息をする舘林も後輩の存在に気付き、僅かに冷静さを取り戻す。

「いいな？　絶対にリーダーの指示には従えよ？」

しかし——。

「お断りだねぇ。無駄な手順を踏むのは嫌いなんだ、もう黙ってくれるかい？」

その一言が最後だった。

慰めてくれていた後輩を押しのけ、舘林が叫ぶ。

「嫌いなんだ、じゃねえよ!!　ここには1年もいるんだ、俺も先輩として示しがつかないだろうが!!」

「若い頃の苦労は買ってでもしろ、という言葉を知らないのかね？　こういう時は若者が率先して目上に良《い》い場所を譲るものさ」

「あ、そ、そう、ですね。僕らのことは、その気にせず……はい」

2年に譲れと言われてしまえば、大抵の1年生は従うしか選択肢はなくなる。

「だったら3年の俺が命令してやる。苦労を買え苦労を！」

「まあまあ先輩、落ち着いてくださいよ」

怒りに任せて拳を振り上げようとした舘林《たてばやし》の身体《からだ》に手を回し橋本《はしもと》が止めた。

そして視線をオレたちに向けて先に部屋に戻るように訴えてきた。

「オレたちは戻ろうか」

「で、でもいいんですか？」

「この場は橋本が上手《うま》くまとめてくれるはずだ」

橋本を残し、オレたちは相部屋へと戻る。

落ち着かない1年生たちの下に橋本が戻って来たのはそれから10分ほど経《た》ってからだった。

「大丈夫だったんですか？」

「落ち着いてくれたぜ。必死になってたのは、本気で勝ちを狙いたかったんだとさ」

3年Dクラスは南雲《なぐも》への献上と低いクラスポイントの関係から自由に使える金は少ない。残りの学校生活はほんの少しだからこそ、僅かにでも小遣いが欲しかったようだ。

「南雲先輩たち上のクラスに良《い》い生徒をほとんど取られて余裕がなかったんだと。だから余ってる中で高円寺《こうえんじ》を取って一発逆転を狙った結果が、アレってわけさ」

自分なら使いこなして動かせるかもしれない、そんな淡い期待を裏切られたとなれば怒りたくなるのも無理はないか。

「綾小路《あやのこうじ》先輩も大変ですね……ああいう人がクラスメイトにいると」

こっちは何とも思っていないが、1年生からはちょっとした新しい尊敬を集めた。

「さてっと……」

ここからは寝る準備に入るが、橋本にはまだ解決していない問題があった。

それは誰がどこで眠るか。

高円寺と舘林が揉《も》めていたように、些細《ささい》なようでいて無視できない部分だ。

生徒同士で眠ると言えば寝る場所で一悶着《ひともんちゃく》あることが多いと記憶している。

特に修学旅行では龍園《りゅうえん》と鬼頭《きとう》が枕投げをして大変なことになったからな。

「ここは公平に勝負で決めようぜ。高円寺のようなことを避けるためにも、な」

嫌な役目を自ら買って出るように、橋本がそう口にする。

「いえ、僕らはその本当にどこでも大丈夫です。な？」

「はい。何なら綾小路先輩が次に決めて下さっていいかと！」

「いやいや、なんで綾小路なんだよ。俺は邪険にしていいのか？」

ちょっと苦笑いしながら突っ込む橋本。

「そういうわけじゃないですけど……綾小路先輩は俺たちの憧れですから！」

「俺もです、綾小路先輩！　尊敬してます！」

新徳《しんとく》と豊橋《とよはし》が、目を輝かせてオレを敬う。

「……短時間で随分と慕われたようだな」

「いや、そんなことを言われてもな」

誰よりも戸惑っているのはオレの方だ。

ついさっきまで、そんなことは全くなかったのだが。

態度が豹変《ひょうへん》した新徳《しんとく》と豊橋《とよはし》に、同じ1年の小保方《おぼかた》と柳《やなぎ》、小角《こすみ》も首を傾《かし》げるだけだった。

○奇妙な違和感

　2日目の朝。

時刻はまだ朝の6時前。

薄《うっす》らと明るくはなってきているが、視界が十分とは言いづらい。

人目に付かないように少し離れた場所まで建物から距離を取る。

心配しなくてもこの時間、わざわざ外に出てくるもの好きもそういないだろうけどな。

程なくして、約束通り堀北《ほりきた》と伊吹《いぶき》が姿を見せた。

「ふわ……眠ッ。そんでもって寒ッ」

大きなあくびをしながら、伊吹が身体《からだ》を震わせつつ伸びをする。

「嫌なら遠慮なく部屋に戻ってもいいのよ？」

「冗談でしょ。あんただけにリベンジさせてたまるかっての」

天沢《あまさわ》に対するというよりも、堀北の好きにさせたくないのが主な原動力のようだ。

「リベンジを快く引き受けてくれたみたいだな」

「ええ。二つ返事でオッケーだったわ。でも意外なところで抵抗を受けたの」

「意外なところ？」

「あなたとの約束通り4日目の朝でお願いしたのだけれど、3日目の朝に変更してほしいと交渉されたのよ」

「1日前倒しを希望か」

「もちろんあなたに協力してもらう条件が4日目の朝だったから、こっちも譲歩は出来ないと伝えたわ。結果的には折れてくれたのだけれど、それでも彼女の不都合が改善された様子は無かった。何か予定を入れていたのかしら」

「早朝に？　何とも言えないところだな。受けるには受けてくれたんだし気にしないでいいんじゃないか？」

　早起きが嫌なら3日目だろうと4日目だろうと大差はない。

「一応こちらがお願いしている立場だから。プライベートな問題だし深くは聞かなかったけれど、女子特有の問題もあるし、あなたが認めてくれるなら3日目へ変更する許可を貰《もら》えないかしら？」

　確かに身体《からだ》の構造上、女性にとって不利となる可能性のある周期は訪れる。

　だがそれは堀北《ほりきた》や伊吹《いぶき》も同じだし、天沢《あまさわ》がそれを言い訳にするとも思えない。

「相手が不都合でも受けてくれたのならそのままいくべきだ。特訓する回数は減らすべきじゃない」

「容赦ないのね」

「4日目の朝が勝負の日。これに従えないなら特訓には付き合えないな」

「……分かったわ。多少罪悪感は残るけれど、今のままでいく。それでいい？」

「相手に遠慮して手を抜こうなんて考えるなよ？」

少し引っかかることがあったのか、堀北は難しい顔を見せる。

「分かっているわ。彼女も自分が負けるとは微塵《みじん》も思っていないんでしょうね。こっちの身を心配されたくらいだもの」

そのことが気に入らないようだがリベンジ側なので仕方がない。

「ボコボコのギタギタにしてやる」

傍《そば》で伊吹が復讐心《ふくしゅうしん》をメラメラと燃やしている。

燃やすのは個人の自由だが、やり過ぎは大問題だ。

「顔を傷つけるなよ？　喧嘩《けんか》沙汰を知られると面倒だ」

「はあ？　相手の弱点だったらどこだって狙うっつーの。むしろ、天沢の顔に蹴りを叩《たた》き込《こ》むのが私の最初にやるべきことなんだけど？」

この場で注意しても本番で、容赦なく蹴り込みそうだな。

「やる気があるのは良《い》いことだ」

ここではいったん、前向きな姿勢ということで留《とど》めておくことにした。

「早速だけれど引き受ける追加条件を聞かせてもらえる？」

「ああ。残る条件はあと1つだけだ。勝つのが難しいと判断したら迷わず1対1じゃなく1対2で戦うと約束しろ」

予《あらかじ》め決めていたことを伝えると、堀北《ほりきた》も伊吹《いぶき》もすぐには呑《の》み込《こ》めなかったようだ。

「ごめんなさい。その1対2って言うのは――」

「もちろん堀北と伊吹が2の方だな。それが呑めないならオレは協力する気はない」

そう改めて伝えると、伊吹が地面を蹴って握りこぶしを突き付けてきた。

「はあ⁉ リベンジマッチで2対1とか何それ。ダサすぎ。あり得ないでしょ」

「1対1をするなと言ってるわけじゃない。難しいと判断したら、と言っただろ」

「勝ち目を否定してるも同然に聞こえるっつの」

「オブラートに包んでやりたいが、まあそうだな。悪いが天沢《あまさわ》に1対1で勝てる見込みは0に等しい。やるだけ無駄なことに付き合うつもりはないからな」

正直、2対1を成立させたところで以前の二の舞になる可能性の方が高いが。

「気に入らない。受けられる条件じゃないっての」

「確かに私も少し気に入らないわ。そもそも、その口ぶりだとあなたは天沢さんの持っている実力を詳しく知っていると解釈できるのだけれど？」

「そうだな。正直に言えば手合わせってほどじゃないが実力のほどは見たことがある」

「……その上で私たちとはそれほどの開きがあると？」

オレが頷《うなず》くと、伊吹は更に機嫌が悪くなったようで舌打ちして目を逸《そ》らす。

「やってらんない。私は綾小路《あやのこうじ》の協力なんていらないし、１人でやる。てか、堀北もそうすべきでしょ」

「確かに……思いがけず呑み込みづらい条件を出されたわ」

ここに来るまでは大抵のことを二つ返事で引き受けるつもりだったんだろう。

それがブレてしまうのも無理はないが、意味のない特訓など無意味だ。

「それならそれでいい。オレも協力しないで済む方が楽だしな」

「もう一度聞かせて。あなたは天沢さんの実力を分かっているのね？」

「少なくともおまえや伊吹よりは理解してるつもりだ。参考程度ではあるものの、天沢の実力に見立てて戦うことも出来る」

堀北は単なる手合わせ程度を希望してたと思うが、戦う相手の実力と疑似的に戦えるとなれば魅力を感じずにはいられないだろう。

「――――分かったわ。私はその条件でいい。でも伊吹さんが拒否したら？」

「この話は無しだ。２人が協力すること前提で初めて可能性が生まれる」

「強くなった私の実力を見てから判断してくれる？」

「そうだな。なら試しにやってみようか」

ゆっくりと足を引いてオレは足で円を小さく書く。大体直径１メートルほど。

それから円の中心に立ち左手を前に。そして右手を後ろにやった。

「オレはここから出ない。そして攻撃は左手だけでやる」

「は？」

「この状態のオレを苦戦させられたなら、天沢《あまさわ》とも良い勝負《い》が出来るはずだ」

「あんた舐《な》めてるわけ？」

「どう受け止めるのも自由だが、まずは見せてみろと言ったのはおまえだろ？」

「笑える。じゃ、まずはその思い上がりから消し炭にしてやる」

何とも面白い言い回しをする。

伊吹《いぶき》は以前相対した時と同じようなスタイルで、足技を中心に繰り出してくる。

切れ味は上がっているのかも知れないが、正直誤差のレベルだ。

素早く足先を見定め、避《よ》ける。

「生意気な！　左腕を掴《つか》んでしまえばこっちのもんでしょうが！」

どうやら伊吹はこちらの左腕を掴み、攻撃手段を封じるつもりらしい。

それが要望なら存分に掴ませてやろう。

あえて手が出しやすい位置に左手を持っていくと、絶好の機会とばかりに左手首を掴んできた。直後、オレは左手の五指を開き左足を伊吹の外側に大きく踏み出す。

掴まれた手を左から右に弧を描くように切り離しながら左足を開き離脱する。

払われた伊吹を、当人が気が付けばだが、オレの目の前に背中を見せる隙だらけの無防備な状態に持ち込む。

「えっ――!?」

理解が追い付いていない伊吹の背中に、握りこんだ自身の左拳を突き出し背中に軽く叩《たた》きつける。

「な、なんでッ……!?」

「合気道の一種だ。何度やっても結果は変わらない」

1対1の組み手が確定している場合、何度戦っても実力差はひっくり返せない。

それを返すためには1対2を受け入れ相手の手数を上回る必要がある。

「交代してもらえるかしら伊吹さん」

「体験してみないと理解できないか」

「そうじゃないわ。今の短いやり取りでも十分あなたの怖さは認識できた。だからこそ伊吹さんにも客観的に見てもらいたいの。何をされたか分からないままじゃ進歩は無いわ」

自ら進んで伊吹に経験を積ませてやりたいようだ。

「同じように私もあなたの左手を封じる。でも同じようにはさせないつもりよ」

「その方がいい。わざと同じやられ方をしに来るのは間抜けでしかないからな」

伊吹を下がらせ今度は堀北《ほりきた》が目の前に立つ。

「いつでも始めてくれ」

「そのつもりよ」

一呼吸置くかとも思ったが、そんな様子はなくすぐに動き出した。

そして素早くオレの左手首ではなくもっと先を掴《つか》もうとしてくる。

四の五の言う前に、本能のままに試すつもりなのだろう。

だが、絶妙にこちらが調整して腕を引くことで強制的に手首を掴ませる。

「くっ……！」

掴んだのではなく掴まされた。堀北《ほりきた》の意識ではそれを認識しても、既にモーションを起こしているため途中で止めることは出来ない。不利な体勢だと頭で理解しつつも、伊吹《いぶき》と全く同じように動かされる。

狙いどころを掴ませるのではなく掴みたくないところをあえて掴ませる。

人の思考は不思議なもので、掴んではいけないと分かっていても掴まないよりは良《い》いと脳が判断してしまう。

掴まないことの方が有利に運べるという経験を積んでいないためだ。

「私がやられたのも今のパターンってわけね……」

「そういうことだ」

「……同じようにはさせないつもりだったのに、気付けば強引に持っていかれた……」

悔しさを滲《にじ》ませつつも、堀北の瞳は力強くこちらを見つめる。

「これが今の私たちと天沢《あまさわ》さんとの実力差なのね」

「ああ。少なくともオレが自分に課したルールを破らせるくらいじゃないと、勝ち目は全く見えてこない」

円から一歩でも追い出すか、右腕を使わせるか。

そのどちらかを達成しないままリベンジに挑んでも、鼻で笑われるだけだろう。

「納得できたか？　1対1で天沢と戦うのがどれだけ無謀か」

堀北はまだ表情こそ抑えているが、伊吹は露骨に悔しさを顔に滲ませている。

倒せると豪語しなくなっただけ、理解が進んだと思っておこうか。

「どれくらいあるわけ……」

「というと？」

「私と天沢の差よ。もっと分かりやすく数字とかで言ってくれない？」

確かに漠然と肌で感じ取るだけでは、この先のモチベーション維持にも繋《つな》がりにくいだろう。

「身体能力でいえば、堀北と伊吹を同率として扱うとして50とするなら、天沢は60で10くらいの差だろうな」

そう答えると思ったより差がなかったことに驚いたのか、両者が顔を見合わせる。

「ただし技術力を含めると話は別だ。堀北《ほりきた》と伊吹《いぶき》が一点の武術に重きを置いてるのに対して天沢《あまさわ》はその数が桁違いに多い。そこを踏まえると差は更に広がる」

一応の形で数字の表現を用いたが、これは所詮目安でしかない。

その日のコンディションや予測不能な事象、読み間違いや運によって勝敗が変わることは大いにある。しかし技量差があればあるほど膨大な試行回数が必要になるだろう。

「ここからは2人同時に相手をする」

「気に入らない」

「同意見よ、伊吹さん。でも、そうする必然性が生まれたことは分かったでしょう？」

「絶対に両手使わせてやる。いい？」

「それはどうかしら。私としては円から追い出す方が簡単だと思うのだけれど？」

「知らないし、あんたがこっちに合わせなさいよ」

やる前から早くもどう戦うかで揉《も》めだした。

堀北と伊吹は水と油。連係を取る意思なんて最初から頭にないだろうからな。

今はそのことは口にせず好きにさせる。

「私たちが合わせるというのが無理な話よね。いいわ、お互い好きに攻めましょう」

「同感」

どうやら譲り合うわけではなく、同時には攻めるが個々にやるつもりのようだ。

1

「このくらいにしておこうか」

慣れない連係プレーを強いられていることもあって、どちらもスタミナを大きく消耗している。終わりを告げると2人とも似たようなタイミングでその場に座り込んだ。

「あと1日やっても付け焼刃に変わりないが、それでも幾らかマシになるだろう」

指導を受けずに天沢にリベンジしていれば、希望を持つことすら出来ないままだった。

「あなた、どこでこんなに強くなれたの……？」

「小さい頃から武術は一通り習ってた。それだけのことだ」

「私だってそうよ。少なくとも空手を軸に周囲に負けないようにやってきたつもり」

少し刺激が強すぎたかも知れない。堀北の経験に裏付けされた自信に対してダメージを与えてしまったか？

急ぎメンタル面でのケアを挟もうかと思ったが、どうやらその心配はなさそうだ。

「でもあなただけは規格外だと思うことにしている。兄さんがあなたを認めていたことが今は支えになっているわ」

「ふん……」

伊吹《いぶき》は、そんな堀北《ほりきた》とは違い不満タラタラなまま、立ち上がると背を向けた。

「明日は絶対に両手を使わせてやる」

そう言い残し、力強く地面を踏みつけながら合宿場に戻って行った。

「どこまでも負けず嫌いだな」

悪いことじゃないが、そのせいで視野が狭くなっているのが勿体《もったい》ない。

一連の動きや戦い方をちゃんと吸収できたかは怪しいな。

「大丈夫よ。後で彼女にヒアリングして今日の経験を振り返るから。無理矢理《むりやり》にでもね」

それなら安心だ。

堀北と並び合宿場へと歩いて戻る。

「あなたがこんなに協力してくれるなんて思ってもいなかった。もっと手を抜くというか当たり障りのない範囲だ……と」

幾つか積み重なった理由はあるが、やはり手の内をあまり見せないことの核となる要因は、これからの堀北にとってそれが余りに過酷だと判断したからだ。

「たまには慈善事業もする」

「何だか怪しいわね。裏があるんじゃないかと勘繰りたくなるわ」

「その時は覚悟を決めてもらうしかないな」

わざとらしく含みを持たせて伝えると、堀北は呆《あき》れつつも目を細めた。

「そうね。お互い、持ちつ持たれつで行きましょう」

そんな風に受け止めた堀北とは建物の前で別れ、一応別々に部屋に戻ることにした。

オレが指導していることを天沢《あまさわ》には知られない方がいい。

そして相部屋の前まで戻った頃には7時前だった。

ちょうど橋本《はしもと》が目を覚まして上半身を起こしたタイミングだった。

オレたちが静かに会話していると、1年生たちも浅くなっていた眠りから呼び起こされ
程なくして相部屋の住人たち全員が起床する。

「っしゃ。じゃあ俺は朝風呂に行くかな。おまえらはどうする？」

オレも橋本について、朝風呂を堪能させてもらうとしよう。

「あ、綾小路《あやのこうじ》先輩も行かれるんですか!?」

「そのつもりだが――」

「柳《やなぎ》と小保方《おぼかた》、小角《こすみ》も行こうか！」

「は？　え、いや俺たちは……」

「いいから来いって！　綾小路先輩が呼んでるんだから！」

いや、オレは全く呼んでいない。

パワハラ的なことだと勘違いさせるようなことは言わないでもらいたいところだ。

2

朝風呂を終えたオレたち鬼龍院《きりゅういん》グループは、橋本《はしもと》の号令で女子も含め残り全員が集まる。

それから朝食を取る間、今日の交流会についての意見を交わすことになった。

と言っても、会話の半分以上は橋本の話、後はその他の生徒で少しずつと言ったところだが。

「なんだかよく分かりませんが男子の異様な盛り上がり方って……気持ち悪いですね」

ボソッと隣で囁《ささや》く森下《もりした》から繰り出される毒。

「そうですか？　私はなんだか、ちょっと可愛《かわい》いと思いました」

それを中和するかのようなひよりの発言。

可愛いという相反する評価を聞いた森下は、改めて1年生の男子たちを凝視する。

可愛いか可愛くないかの観点は抜きにしても、確かに異様に盛り上がっているのは確かだ。グループとして集まった昨日の段階では先輩たちの前もあって萎縮している傾向が強かったが、それはもう消《き》え失《う》せている。

むしろ身振り手振りでよく分からないジェスチャーを交え、大笑いまで起こる始末。

「可愛いですか？」

「可愛いと思います」

「残念ですがやっぱり気持ち悪いです。椎名《しいな》ひよりは変わっていますね」

「そうですか？」

そんなやり取りを近くで見ていると、出会った頃から随分とひよりも変わった気がする。

もっと心を見せない、感情の起伏が少ない生徒、そんなイメージだった。

いや、根底から性格が変わったというよりも素の自分を曝《さら》け出すようになったと表現した方が正しいかも知れない。

「綾小路《あやのこうじ》くん。どうかしました？」

遠慮なく観察していたことで、ひよりに視線を気付かれてしまう。

「何でもない。気にしないでくれ」

そうですか？　と小首を傾《かし》げながらも不審に思うことなく笑みを見せる。

「綾小路先輩！　今日の夜もお風呂ご一緒してもいいですか⁉」

「え？　あ、あぁそれは全然構わないが」

妙な威圧⁇を受けながらも、その程度のことは苦ではないので承諾する。

すると、それだけで1年生たちはまたもワッと沸き立つ。

「1日足らずで、こうも上手《うま》く1年生たちを手懐《てなず》けるとはな。どんな魔法を使った」

一足先に食事を終えた鬼龍院が、テーブルに腕を置いて興味深げに呟《つぶや》く。

「正直オレも戸惑ってます。特別なことは何もしてませんよ」

「私にまで隠すつもりか？」

どうやら秘密にしているようだが、実際に分かっていない。

「おまえ分かってないのかよ、どうして自分が後輩から尊敬を集めてるのか」

こちらの話を盗み聞き、というと失礼かも知れないがアンテナを張っていた橋本《はしもと》が声をかけてくる。

「自分じゃ分かってないのかも知れないが、俺も憧れ——なんてもんじゃないな、畏怖してる部分はあるんだぜ」

「畏怖？」

畏怖とは圧倒的な力を持つものに対し恐れ慄《おのの》くこと、だ。

生憎《あいにく》と龍園《りゅうえん》や宝泉《ほうせん》のように恫喝《どうかつ》の類《たぐい》を使った覚えは全くないのだが……。

「俺も改めて驚いたというか、やっぱり男の中の男というか……1年がアレを知ったら態度がこうなるのも無理はないですから」

「ほう？　よく分からないが実に興味深いな。アレとはなんだ？」

「いえ、それは男同士の秘密って奴《やつ》で。教えられないんスよ、すんません」

「ふむ。男同士の秘密か、それもまた悪くないな」

何故《なぜ》かそんな説明に納得した鬼龍院《きりゅういん》は、椅子を引いて立ち上がった。

そして空になった食器の載るトレーを手にしようとしたところで橋本が制止する。

「片付けは俺たちでやっておきますんで先輩は遠慮なく」

「気持ちはありがたいが、自分で食べた分くらいは片付けておくさ。また交流会のタイミングで会おう」

そう言いトレーを両手で持ち上げると返却口に向かって歩いて行った。

「やりやすいんだかやりにくいんだか、分かりづらい先輩だな」

去って行った鬼龍院に対する感想を感じたままに口にする橋本。

人を選ぶという意味では、その通りだろう。

3

「おはようございます、綾小路《あやのこうじ》くん」

食事を終えてロビーを通りかかると、ソファーに1人座る坂柳《さかやなぎ》を見つける。

「おはよう。何だか少し眠そうだな」

どこかボーっとしてる様子だったのでそう尋ねてみると、否定することなく頷《うなず》いた。

「ええ。どうも私は相部屋というものが苦手なようで、ゆっくり眠ることが出来ませんでした。食事もそこそこに、少し休憩しようと思いまして」

うたた寝とまではいかないだろうが、目を閉じているだけでも多少は効果がある。

「なるほどな。相部屋に戻っても落ち着ける保証はないしな」

「普段、一日8時間は睡眠を頂いていますので。数日は苦労しそうです」

性格を考慮すれば、計算して8時間丁度寝ている可能性もありそうだ。

「同じグループの仲間とは打ち解け合えたのか？」

「特に慣れ合う必要はないと考えていますが、これでもAクラスを預かる身。私が何かをするまでもなく、相手の方から擦り寄ってくださるので対話に苦労はしていません」

その点で困ってはいないようなので、ひとまずは良かったと言ったところか。

「そちらはどうです？　慣れない方たちとの相部屋に問題はありませんか？」

「そうだな、それなりに楽しくやらせてもらってる」

「綾小路《あやのこうじ》くんは橋本《はしもと》くんと森下《もりした》さんが同じグループとか。橋本くんはどんな様子です？」

「いつも通りに振舞ってはいるが、何かには怯《おび》えているようだったな」

「そう言えば彼には妙な噂《うわさ》が立っていますね。クラスを裏切ったとか何とか。背中には気をつけるように忠告して頂けると助かります」

「忠告したところで助かるとは思えないけどな」

「フフ」

小さく笑った坂柳《さかやなぎ》だが、やはりいつものような気丈さや余裕のある感じは少ない。

「グループには馴染《なじ》めてるのか？」

「今回は特別試験でもなく単なる交流会ですし、特に何もしていません」

「前情報とはちょっと違うようだな。おまえならどんな形であれ勝ちを狙ってくると橋本は言ってた」

「鵜呑《うの》みにされるとは綾小路くんらしくありませんね。おおかた私を偵察させるために使った口実の1つでしょう」

確かに多少オーバーな橋本の表現はあったかも知れないが、全くの的外れではない。

「確かに真澄《ますみ》さんがいなくなった直後は、思いがけないダメージがありました。それは綾小路くんも知ってのことです。しかし、それを長い間引きずることはありません」

そう余裕をもって答える坂柳。

「今回の交流会で何もしなかったことに強いて理由を付けるなら、新しい私の手足となってくれる人物を見定めることに注力しているからでしょうか」

確かに、これまで身の回りの世話役として神室《かむろ》の存在は大きかっただろう。

それが不在になるのだから、身動きが取りづらくなるのは確かだ。

「身近に置く方は可能な限り信用のおける人でないといけませんし」

「鬼頭《きとう》は？」

「忠誠心に関してはクラスでも随一ですが、流石《さすが》に異性は抵抗があるものです。しかし女子の中から選ぶにしても、適任者が今のところおりません」

オレがAクラスで交流のある女子は山村《やまむら》か森下《もりした》くらいなもの。そのどちらも有能な部分を持ってはいるが、坂柳《さかやなぎ》の世話役には向いてない。

「決まりそうなのか？　後任は」

「今はまだですね。なのでしばらくの間は単独行動が続きそうです。これも私の判断ミスが招いた結果と、甘んじて受け止めるつもりですよ」

見つからないというよりは本腰を入れて探していない感じだな。

神室《かむろ》への懺悔《ざんげ》と言えば大げさだが、禊《みそぎ》の1つとしてしばらくは不自由な生活を自ら選んでいくつもりなのだろう。

それもまた坂柳の選択だが、それとは別の問題も解決しておかなければならない。

ふと、背後に気配を感じて振り返ると鬼頭《きとう》が怖い（いつも通り？）顔でこちらを睨《にら》みつけながら近づいてきた。

「おはよう」

「……問題はなさそうだな」

オレの挨拶をスルーして、鬼頭は坂柳にそんな言葉をかけた。

「全く問題ありませんよ。お心遣いありがとうございます」

そのやり取りを見て、鬼頭が坂柳を案じて近づいてきたことを理解した。

今は神室を失って不安定な時、橋本《はしもと》だけではなく他クラスの異物からの接触に敏感になるのも無理はないか。

「悪くは思わないでくださいね綾小路《あやのこうじ》くん」

「分かってる。今は疑い深いくらいで丁度いいだろうからな」

「おはようございますぅ」

オレが坂柳、鬼頭と対峙《たいじ》していると天沢《あまさわ》がその間に割り込むように身体《からだ》を滑らせてきた。

「おはようございます天沢さん。朝からお元気そうですね」

「元気はあたしの取柄みたいなとこ、ありますからね」

鬼頭は坂柳から一歩離れつつ、会話には割り込まないよう口を閉じた。

「ちょっと2日目の交流会が始まる前に、激励しておこうと思いまして。綾小路先輩は順調に全勝だったみたいですけど……有栖《ありす》先輩は初日に3敗。もうピンチなんじゃないかなぁと心配になっちゃって」

「生憎《あいにく》と、今回私は一切の指揮に関わっていません。3年生に一任していますので」

「ふぅん？　それなら負けても仕方ないと？　あたしとしては今回、貴重な他学年との絡みってことでちょっとは期待してたんですけど」

「何も縛りの中に制約を設ける必要なんてありませんよ。私との対決をお望みなら、こちらはいつでも受けて立ちますのでご安心を」

交流会など無視して、いつでも仕掛けて来いと坂柳が伝える。

しかしそれを聞いた天沢《あまさわ》は、乗り気になるどころか笑って聞き流す。

「強がっちゃって。1つ前の特別試験で負けて最下位になったことは耳にしてますよ」

2年生の状況はしっかり情報収集しているようで、気遣うこともなく突き付ける。

そして直後、からかうつもりで天沢が坂柳《さかやなぎ》に触れようと手を伸ばした瞬間。

鬼頭《きとう》が盾の役割を示すと同時に、天沢の手首を容赦なく掴《つか》んだ。

「何するんですか鬼頭先輩。こういうのは龍園《りゅうえん》先輩とかにやることじゃないですか？」

自分をか弱い女だとアピールするが、鬼頭はその手の力を緩めようとはしなかった。

「龍園だろうと、誰が相手だろうと、必要なら俺が動く。当然そのための手段も選ばない。そう覚悟しておけ」

笑顔だが敵意を剥き出《むだ》しにする天沢に対し、鬼頭はそう言い放った。

「お姫様を守る騎士って感じじゃないけど、面白そうですね。女の子相手でも暴力上等って感じで嫌いじゃないけど……。ちょっと悪ふざけが過ぎたかな」

本気でやる気はないと、天沢は謝罪。鬼頭が力を緩めるとすぐに後ろに下がった。

「また今度相手してあげますから。ちゃんと全力を出せるようにしておいてくださいね、有栖《ありす》せーんぱいっ」

飛び跳ね何度か振り返りながら手を振って去って行く天沢。

「落ち着いた雰囲気が台無しですね」

「そうかもな」

そんなやり取りを視線を交えつつ少しだけ行ったあと、オレは立ち去ることに。

下手に長居して、坂柳への注目を無駄に集めるのは申し訳ないからな。

○見張る者、見張られる者

午前9時を迎え、2日目の交流会が始まった。

今日と明日は一日に7試合ずつ消化するため、リーダーに多くのゲーム参加を命じられる生徒はちょっと忙しい時間が増えることになる。

ただし、やること自体は前日までと変わらない。

時間になったら届く案内に従い、対戦相手となるグループと合流しゲームをする。

一方で参加者にならなかった者は自由時間で何をしてもいい。

上位の可能性が高い生徒は適当でもいいので体験学習をこなし、報酬を貰《もら》うためのスタンプを確実に集めておいた方がいいくらいだろうか。

第6試合目は『彫刻体験』。

学校の美術でやるレベルとは当然違い、来待石《きまちいし》を用い職人と同じ道具を使って削ることが出来る本格的なもの。実に心躍る体験学習だ。

全部のゲームに参加することが決まっているオレには、なかなか自由な体験をする時間が取れない。なので未体験の学習もまだまだ残っている。

許されるならこの3日間で終わりと言わず1週間2週間ここに残りたいくらいだ。

オレは生徒たちのために用意されている削られる前の来待石や道具たちを眺めながらそんなことを思いふける。

が、集まった両グループは、そんな沢山の魅力が滲《にじ》み、いや溢《あふ》れ出《で》ている作品の原石たちに目もくれることなくあれやこれやと他愛《たあい》もない雑談に華を咲かせていた。

普通の学生にとってはこの体験学習も学校生活の一部でしかないということか……。

まあそれくらい緩い方が、こっちとしてもやりやすい一面もある、か。

特定の人物が立て続けにゲームに参加し続けていれば少しくらい悪目立ちしそうなものだが、これが面白いくらいに注目を集めない。常時あちこちで体験学習が行われている上に、各グループの参加者が誰だったかなどの情報が学校から開示されることもないためだ。熱心に情報を集める生徒もいないため、オレが何連勝しようが何連敗しようが気にも留められない。このまま19試合全てに参加したところで、その事実を知るのは個人成績の偵察を欠かさない南雲《なぐも》グループくらいなものだろう。

「綾小路《あやのこうじ》くんのグループ、昨日は5連勝で幸先《さいさき》が良かったみたいだね」

本日最初の対戦グループには櫛田《くしだ》が配属されており、近づいて来て声をかけられた。

「1年生たちが頑張ってるみたいだ。そっちも4勝だし健闘してるみたいだな」

唯一負けたのが、優勝筆頭の南雲グループであることは調べがついている。

「勝敗は気にしないでいいって方針なの。だけどそれは全力で取り組んで楽しもうって話に持っていったから。でも皆、楽をしたいのか私にお願いしてくるばっかりで。これでもう6連続参加なんだよね」

そう言った後、笑顔をほぼ崩さないまま本音を吐露する。

「ほんっと下らない。体験学習ってダッサい。さっさと合宿なんて終わればいいのに」

「言ってることとやってることが正反対だな」

表情筋をほとんど動かさないで毒を吐いてみせるのだからお見事だが。

「ちゃんと良《い》い顔はしておかないと損だからやってるだけ。私は正直、今回の交流会なんて真面目にやらなくていいと思ってる。相部屋だ、大浴場だ、ご飯だ、あちこちに人の目があるから気持ちを休める暇もないし」

報酬だのなんだのはいらないから、早く帰らせろってところか。

学校よりも狭い環境下で良い子を演じることに極度のストレスを感じているようだ。

「ストレスを溜《た》めすぎて爆発しないようにな」

「それは今のところは大丈夫かな。最近はあの2人相手にガス抜きできているから」

あの2人とは、堀北《ほりきた》と伊吹《いぶき》のことを指しているのは言うまでもない。

「その堀北グループには負けたみたいだな」

「バカ真面目だけが取柄だから真顔で色々取り組んでる成果なんじゃない？　昨日も葛城《かつらぎ》くんはガラスの工芸体験が上手《うま》くいかなくて、何度も列に並んで練習に没頭してたみたいだし」

　モノ作りの体験学習は教える側の人材、機材の数などの問題があるため大勢が一気に参加することは出来ない。交流会のゲーム時間帯とバッティングすれば自由参加枠はほとんど消化出来ず、どうしても待ち列ができるからな。

「南雲《なぐも》は勝つ気満々で、メンバーも真面目な構成だし手は抜かないだろうな」

「順当に優勝すると思う？」

「手を打たなきゃ、その可能性が高いだろう」

　そう答えると、櫛田《くしだ》は不思議そうに聞き返す。

「ん、でもさ、手を打つって言ったってやれることなんて自分たちが練習して、その成果を発揮できるゲームが選ばれることを祈るくらいで、他には何も出来ないよね？　あとはリーダーが適任者を選べるのはあるかも知れないけど」

「自分たちが優勝候補になるために勝率を上げる方法は他にも色々ある。対戦相手のグループを買収して勝ちを譲ってもらうとかな。金額と誠意をもってお願いすれば十分に交渉の余地はあるだろ？」

　当然ながら効率は別問題だ。

　あくまでも勝率を上げるための方法、その一例に過ぎない。

　櫛田も対戦相手から相談を持ち掛けられた場面を想像する。

「確かに1万ポイントでもくれるなら断る理由の方が少ないし、喜んで勝ちは譲りそうだよね。でもそんなこと繰り返してたら赤字になりそうじゃない？」

もちろん、誰にどれくらい渡すかの交渉次第でもあるが。仮に1万として、対戦相手5人に渡せば5万だが、リーダーに袖の下を使って2万3万で安く済ませる手もある。とは言えこういう戦略が蔓延《はびこ》らないと思われるのは、今回の交流会にとにかく旨味《うまみ》が少ないからだ。

もし鬼龍院《きりゅういん》グループが買収を繰り返して順当に16勝17勝を手に出来ても、南雲《なぐも》などの全力で優勝を狙うグループは当然買収に応じず、そのままぶつかり合うことになる。結果2位や3位に沈めば買収に使った金額の回収すらままならないだろう。

「だから誰もやらないんだろうな。採算が合わない」

損得に関係なく優勝の肩書を欲しているのは、南雲くらいなもの。

「お金をかけない方法は？」

「労力は必要だし派手さはないが、幾つかの体験学習を封じてライバルに練習させない手もある。人気の体験学習は櫛田《くしだ》も言ったように列が出来るからな」

ライバルグループの生徒を包囲して、遅延行為を繰り返すことも効果的だ。

「なんか龍園《りゅうえん》くんが喜んで使いそうな手だよね」

「だな。けどそんな動きが今のところ無いのも、結局買収と同じような問題が起きるからだ」

「やるだけの価値がない、見合わない、ってことだね？」

「そういうことだ」

つなぎを着た指導者が現れ、生徒たちに一度集まるように指示が出る。

「一応だけど、そっちのグループを応援してるよ。堀北《ほりきた》さんに負けをつけてくれたら嬉《うれ》しいしね」

仲良く（？）なっても堀北の負けを欲してるところは伊吹《いぶき》と何も変わらないな。

だからこそ3人の関係が奇跡的なバランスで成り立っているのかも知れないが。

「応援してくれるってことは、このゲームはこっちに勝ちを譲ってくれるのか？」

「それはどうかなぁ」

可愛《かわい》らしい笑みを浮かべてはいたが手を抜いてはくれなそうだ。

なお、櫛田のグループとのゲーム結果は、3対2でオレたちのグループの勝利。

俺も他の生徒にはない芸術活動への情熱のおかげか？勝利することができた。

その後も午前、午後と交流会のゲームは派手な動きを見せることなく粛々と続く。

『トランプ』

初日から数えて7戦目となるところで初の運が大きく絡む戦いに。ゲームの結果、オレも含めグループ全員で見事な大敗を喫し、初めての敗北を記録してしまう。これで負けられるゲームはあと1つとなってしまったが、地味な交流会にあってトランプは結構な盛り上がりを見せ、ここまでの6つのゲームよりも格段に楽しんでいた生徒が多かった。

『チョークアート』

チョークを使って手ごろなサイズの黒板に絵を描く。これがオリジナル作品を描くのではなく模写をすることがルールだったことで、存外に難なく挑戦することが出来た。色鉛筆やクレヨンなど普段色彩を飾る道具とは一味違ったチョーク。

独特な質感に苦労した反面新しいアートの世界に触れた瞬間でもあった。

それぞれ模写のクオリティを競い合った結果、個人戦でも勝利を納め、グループとしても3勝2敗で勝利することが出来た。

『パターゴルフ』

午前中の屋内での交流会から一転、外に出て小さなコースでのゴルフ体験。

スタート前の段階で男子の志願者が多かったらしく、それを汲《く》んだリーダーの選択から参加者全員男子というちょっと珍しい事象が起きつつ、更に誰もが未経験で始まったこのゲーム。そんなどんぐりの背比べが逆に生きたのか、トランプと同等かそれ以上に盛り上がる勝負展開を見せた。個人戦には勝利したものの、オレ以外の4人が僅差で負けてしまったことで、グループとしては2敗目を喫することになる。

『パッチワーク』

普段、あまり聞きなれないかも知れない言葉だ。パッチワークとは、小さな布切れを繋《つな》ぎ合《あ》わせて大きな一枚の布にする手芸の一種。時間内にどこまで完成させられるか、またそのデザイン性などが評価される。ここで対戦相手に登場したのは初日、高円寺《こうえんじ》が身勝手な振る舞いをして揉《も》め事《ごと》が起きた舘林《たてばやし》グループ。ここまでの戦績は1勝9敗。

参加者の5人全員が女子で裁縫経験者も豊富な強敵だった。しかも個人戦では裁縫経験者の中でも秀でた井《い》の頭《かしら》とぶつかる不運さも重なり、個人では2敗目。グループでも3敗目を喫してしまった。

『アーチェリー』

連敗を避けたい11戦目は、また屋外に出てのアウトドアスポーツ。やったことはなくてもルールくらいは簡単に想像できるだろう。1対1で的を狙うリカーブという種目ルールで競い合う。通常のリカーブは70メートル先の的に目掛けて矢を放つのだが、この体験学習では20メートルに設定されていた。1人に与えられる矢の数は6

本で、合計点を競う。的の中心が10点で一番外側は1点だ。
自発的に参加を希望した森下《もりした》が参戦するも、上手《うま》く扱うことが出来ず一度も的に当てられないちょっとしたアクシデントはあったが、グループ、個人共に連敗を避けることには成功した。

『ガラス細工』

2日目最後となるゲームはガラス細工。この施設ではかなり大がかりな工房が用意され、作ったものは持ち帰ることが可能ということで学生たちにも人気の体験学習だった。相手は勝率も低く勝ちにはこだわっておらず作りたいものを各々が好きに作るといった感じで、個人としては完成度と制作スピードの部分が評価されたのか判定で勝利を貰《もら》えた。
一方のグループ戦ではここでもひよりが器用さを見せ1勝に貢献。
中盤戦となる2日目を終え、交流会トータルのグループ成績は12戦9勝3敗となった。

1

午後6時前、交流会が終わって一段落する時間。

建物内にある休憩所スペースはちょっとした賑《にぎ》わいを見せる。

疲れた生徒たちを労《ねぎら》うためにフリードリンクコーナーが設置されているからだ。お茶、ジュースなどが数種類と、小さな紙コップが逆さに積み重ねられて立ち並んでいる。

「グループの方、かなり順調そうですね」

ほぼ同時に休憩所に立ち寄った真田《さなだ》と鉢合わせ、そう声をかけられた。

鬼龍院《きりゅういん》グループは9勝3敗で現在6位タイ。

明日の成績次第では、十分に表彰台を狙うことも可能な位置に付けている。

「頼もしい味方に助けられてる」

特にひよりはとにかく細かな作業が得意だと、明確に認識した。

押し花やガラス細工など技術力だけでなく美的センスも要求されるようなものの対応力が、並の生徒より遥《はる》かに高い。

これは体験学習で共に過ごしていなければ、ずっと気付くことのなかった部分だろう。

「Aクラスの生徒たちはどうですか？　ちゃんと協力してくれていますか？」

クラスメイトのことが気になるのか、遠慮がちに聞いてくる。

「橋本《はしもと》はゲームには今のところ参加してない。どちらかと言えば後方支援メインだな。山《やま》村《むら》はゲームにも参加してくれていて、素直だし助かってる」

ただここ最近の山村はずっと元気が感じられないが。そこには触れない。

2人の良《い》い部分だけを話していくと、まるで自分のことのように喜んで話を聞く真田《さなだ》。

「それから森下《もりした》は……まあ、協力的……いや独創的ではあるな」

「独創的。確かにそうかも知れませんね」

森下はひよりと対照的に手先は器用ではなく、どちらかと言えば不器用だった。

真面目にはやっていると思うが、成果は出ていない。奇抜な物を作り上げてしまうところは、何かアーティストに通ずるものはあるのかも知れないが。

勇んで志願したアーチェリーでも先の通り酷《ひど》いものだったしな。

話しながら2人でちょっとした長さの列に並び、オレは紙コップを1つ取ってお茶を注ぎ入れる。一方の真田はホットコーヒーを選んだようだ。

「そうですか。正直なところ、今回3人が綾小路《あやのこうじ》くんと同じグループで良かったです」

社交辞令のような要素もあるのかもしれないが、真田の物言いが引っかかる。

「どうしてそう思う。彼らにもっと親しく接してくれる生徒は他にも沢山いるはずだ」

堀北《ほりきた》クラスだけに限定しても、洋介《ようすけ》や櫛田《くしだ》の方がよっぽど有能だ。

「それは、やっぱり坂柳《さかやなぎ》さんがどう見ているかも大きいですから。綾小路くんのことを特別に扱っていることは僕でも分かります。前回の試験後からピリピリしている鬼頭《きとう》くんも、橋本《はしもと》くんの傍《そば》に綾小路くんがいるからこそ、まだ自制心をコントロール出来ているんじゃないでしょうか」

　橋本にとっては、あの日オレの部屋に来た時から計算外の幸運続きというわけだ。

「3人共グループには溶け込めていますか？　橋本くんは上手に立ち回るかと思いますが森下さんや山村《やまむら》さんはそうではないんじゃないかと」

「どうかな。女子のことは女子に任せてるのが正直なところだが……心配なのか？」

　何かしら2人に思うことがあるのか、単にクラスメイトを心配しているだけか。

　どちらも特徴的な性格をしているので驚くことではない。

「実は、普段から森下さんのことは結構気にかけて見守っていたんです」

「彼女の宮《みや》が聞いたら泣いてしまいそうだな」

「え、えぇっ？　いえ、そういう意味は全くありませんっ。僕は宮さんだけですから！」

　落ち着きのある真田が露骨に慌てて訂正する。

　その様子からも変な誤解をしてほしくない思いが強く伝わった。

「単に1年生の頃、席が近かったというのもあるのですが……。彼女は物怖《ものお》じしないというか、思ったことは全部口にするタイプですし小さなトラブルは少なくないので」

　実際、直近で言えば橋本をたじろがせるような発言を繰り返していたしな。

「クラスでは浮いてる存在になってそうだな」

「ですね……言葉は悪いですけど、確かにそう認知されてるところはあります」

　一之瀬《いちのせ》クラスのように全員が仲良しこよしじゃないだろうしな。好きな相手もいれば嫌いな相手もいる。態度に出すことだってあるだろう。それが普通だ。

「事情に詳しくないオレが言うのも何だが森下《もりした》は気にしてないんだろ？」

森下がその状況を、独りを好んでいるのなら他人がとやかく言うことじゃない。

だからこそ、真田《さなだ》も見守っていたと表現したのだろう。

「ええ、まあ。気にしているように見えたことはありませんが……」

「そんなに心配することはないと思う。けど、真田の言いたいことも分かった。あと一日半、グループを組んでる間は気にかけておく」

「……はい。ありがとうございます」

真田はカップに注いだホットコーヒーを、軽く吐息で冷ましながら一口飲む。

やっと一息つけた、そんな感じだろう。

「真田先輩！」

肩を並べ休憩していると1年Bクラスの女子、宮《みや》が真田を見つけ駆け寄って来た。

そして隣に立つオレが真田と話していたことを悟り、慌てて会釈する。

「邪魔になるだろうしオレは部屋に戻る。またな真田」

「はい、ではまた」

まだ付き合ってそんなに時間は経《た》ってないが仲はすこぶる良さそうだ。

吹奏楽部でも常に一緒であることが想像できるし、学生らしい楽しい時間を共に過ごしていることだろう。

余計な迷惑をかけないうちに、さっさと退散するのが吉だ。

2

夕食を終え、生徒たちの多くが部屋か風呂で寛《くつろ》いでいる時間。

時任《ときとう》は携帯から石崎《いしざき》による呼び出しを受けて静かに相部屋を後にする。

そんな時任の所属するグループには1年生で一番問題児とされている宝泉和臣《ほうせんかずおみ》が在籍している。だが、時任は宝泉の存在自体は然程《さほど》問題にはせず、むしろ横暴な態度に対して苦言すら呈していた。

飛び抜けて喧嘩《けんか》が強いわけでも賢いわけでも口が立つわけでもない。

ただ時任が臆せずに済んでいるのは、龍園《りゅうえん》の支配下にありながらも折れずに持ち続けた反骨心があったから。紛《まぎ》れもない2年間の経験のお陰だ。

目的地である体験教室の集まるエリアは、既に人がおらず静まり返っている。

石崎に呼び出された場所は陶芸教室の前。

廊下の窓から覗《のぞ》き込《こ》むと、生徒たちが作った作品がずらりと並べられていた。

ここで作った焼き物などは、ガラス細工の体験同様、希望すれば後日焼きあがった後に自宅に発送してもらえることになっており、今朝のゲームで『絵付け』に参加した時任《ときとう》の作品もある。

「……人を呼び出しといて、まだ来てないのか」

苛立《いらだ》ちつつ携帯を取り出そうとジャージのポケットに手を入れた。その直後だ。

「よう、待たせたな」

「何の用だよ石崎《いしざき》」

のんびりと歩いて来る石崎に苛立ちながら声をかける時任だが、その問いかけに答えることなく石崎が目の前までやって来る。

「何の用か分かんねーのか？」

「分かるわけないだろ……。特に用件も書いてないしな」

送られてきた文面は『急いで来てくれ』という緊急性を匂わせるものだけ。

「まあ分かんねーよな。正直俺も何の用なんだか分かってねえんだし」

呼び出しの連絡をしてきた石崎本人が分かっていないというおかしな話。

「おまえが分かってない？　さっぱり意味が――――」

不満を口にしかけたところで、時任は背中に強烈な圧を感じた。

そして直後、気付けばその身を壁に強く押し当てられていたことを知る。

「おい。テメェどういうつもりだ？」

耳元で悪魔が笑いながら囁《ささや》く。

「龍園《りゅうえん》……っ⁉　どういうつもりって、何がだっ……何の真似《まね》だっ！」

驚きつつも、何とか動揺を最小限に食い止め、視線だけを背後へと向ける。

「躾《しつ》けが足らなかったと思ってな。サプライズで登場してやったのさ」

力強く押さえつけられ、時任はもがくも逃げ出すことが出来ない。

仮に一瞬束縛から抜け出せたとしても、傍《そば》で見張っている石崎が加勢に来ることは分かり切っていた。

「わけが、わからな……っ」

ギリギリと腕が締め上げられ痛みが背中にまで這《は》っていく。

「本当に分からないのか？」

実際には身に覚えがあることが1つあったが、口に出来ず白を切る。

「俺は何もしてないっ……」

「そうか？　おまえのことで下から報告が上がってんだよ」

「は、はあ？　な、なんだそれっ⁉　何のことだっ⁉」

意味が分からないと言い張るが、焦りからか高鳴る胸の動悸《どうき》が時任を襲う。

勘づかれたことが全く関係のないことであってくれと願うが、そんな希望は直後に打ち砕かれることになる。

「合宿に来てから都合四度、テメェが坂柳《さかやなぎ》とヨロシクしようとしてるって目撃情報が届いてんだよ」

坂柳、という名前が出て時任《ときとう》も白を切りきれないと諦める。

「俺はただ、偶然会って、それで雑談していただけだ。それのどこが問題なのか分からないっ……！」

「もっともらしい理由だが、生憎《あいにく》と信じてはやれねえな」

同じグループ内でもない者たちの接触頻度を考えれば、単に偶然居合わせただけと言い訳するのは苦しくなってくる回数だ。

「それにどこが問題か分からない？　そいつは可笑《おか》しな話だな」

「くっ……」

建前を見破られ、時任が視線を逃がす。

それを追いかけるように龍園《りゅうえん》は顔を近づけて無理やり目を合わせる。

「あいつは今、下り坂だ。次の学年末試験で転げ落ちて終わりなんだよ。だから下手な介入はするなと教えてやったよな？」

龍園はバスの中でグループが発表された段階で、坂柳と同じグループになった近藤《こんどう》と矢島《やじま》の2人には特に念入りに釘《くぎ》を刺していた。静まり返った車内の中での忠告を時任が聞いていないはずがない。

「ただの雑談が……か、介入なんかになるのか？」

「なるな。それに俺はこうも言ったはずだぜ？　坂柳《さかやなぎ》を放置するか、可能なら精神的ダメージを与えて徹底的に追い詰めろと。これを楽しいお喋《しゃべ》りに解釈できるか？　石崎《いしざき》」

「全くできません！」

「だそうだぜ？　この石崎より賢いおまえなら分かってたはずだろ」

蓋を開けてみれば、時任《ときとう》はその真逆。

単なる雑談などではなく、坂柳を気遣いフォローする場面が度々見られていたとの報告が上がっている。

「話し込んでるところを見られた磯山《いそやま》には黙っててくれとまで言ったそうだな？　おまえの命令と俺の命令、どっちに従うかなんざ分かりきったことだったろうに」

傍《そば》で聞いていた石崎が力強く何度か頷《うなず》く。

「いい加減学習しろって時任。その方が楽になるぜ？　龍園《りゅうえん》さんだって許してくれる」

ここで従順になることを誓えば少なくとも捕縛からは解放される。

しかし時任は唇を強く噛《か》みしめると、振《ふ》り解《ほど》く抵抗をしつつ龍園を睨《にら》み付《つ》けた。

「俺は……俺はただ……」

「ただなんだ？」

もはや隠し事をしても意味がない、いや隠し通すことがバカらしくなった時任は腹立たしい感情を込めながら言葉を吐き出す。

「友達が退学して悲しんでる坂柳を……楽にしてやりたかっただけだ……！」

「ハッ。そんなに坂柳とヤりてぇのか？」

「ち、違うっ！　そういうことじゃない！」

「そうか？　俺にはそう言ってるようにしか聞こえないんだがな」

笑った龍園は、言葉を続ける。

「ならいっそ襲う舞台でもセッティングしてやろうか？　澄ましたあの女も、おまえにヤられたとなりゃ身も心もズタズタにされてくれる」

そんな悪魔の囁《ささや》きに、一瞬で怒りが天井を突き抜けた時任は普段以上の力を絞り出し龍園の拘束を解き放った。

「ふざけるな！」

その荒れ狂う感情に任せて両手で掴《つか》みかかろうとするが、笑った龍園の姿が視界から消える。下方から飛んできた蹴りを受け、歯を食いしばった直後再び拘束された。

「クックック、本気にすんなよ。だがおまえにその気があるなら、坂柳を追い詰める役目を任せてやってもいいんだぜ？」

「……俺はおまえには従わないっ……。こんなやり方、絶対に認めない……！」

脅しには屈せず、坂柳に変わらず接することを口にしたようなものだった。

その気迫と覚悟が本物だと理解しつつ、龍園《りゅうえん》は酷《ひど》い扱いを止めようとはしない。

「だったら身体《からだ》で分からせてやろうか？」

「ふざけるな、そんなこと——」

時任《ときとう》が話し終える前に龍園は左拳を握りしめ、それを遠慮なく時任の腹部にねじ込んだ。

「うぐっ……！」

慣れない強烈な痛みに苦悶《くもん》の表情を浮かべ、時任の膝が折れる。

しかし龍園に掴《つか》まれているため、地面に座り込むことも許されなかった。

「ここには学校お得意の監視カメラもない。そうだよな？　石崎《いしざき》」

「はい！　この場所に無いことは確認済みです！」

「こんな奴《やつ》に従いやがって……っ」

時任は石崎の態度にも苛立《いらだ》ちを覚え、毒を吐く。

「おまえの言いたいことも分かるぜ時任。俺はクラスの全権を握って暴れまわって、だが一度はその立場を放棄した。さぞ当時は気持ちよかったんじゃないか？」

「ああ……裸の王様を追い出した、そんな気分だった……っ」

容赦のない感想を述べる時任の発言に石崎が、あちゃーと額に手を当てた。

不敬なことを言えば粛清される。それが常であることが身体に染みついているからだ。

だが龍園は肉体的苦痛を追加することなく、むしろ楽しそうに目を開いた。

「そいつは残念だったなぁ。結局また俺が元の座に戻って好き放題やってんだ。腹も立つだろうさ」

自らを客観的に見て、下々の人間にどう思われているかは思慮するまでもない。

だからと言って、それで龍園が態度を改めることもない。

「俺が嫌いか？」

「死ぬほど、嫌い、だ……」

「だったら遠慮するな。おまえが力ずくで引きずり降ろして見せろ。俺は逃げも隠れもしないぜ？　ただし、一度拳を振り上げたなら、こっちはどこまでもおまえを追い詰める。逃げ場は退学だけ。それは覚悟するんだな」

龍園が敗北を恐れないことは、時任だけでなく周囲の人間はよく理解している。

だからこそ反旗を翻すのは絶対に倒すと決めた時だけにしなければならない。

「いいか？　これは俺からのアドバイスだ。理解できたなら坂柳《さかやなぎ》を助けるような真似《まね》は二度とするんじゃねえぜ？」

今ならまだ引き返せると、締め上げた腕の痛みとは裏腹に優しくそう言葉を贈る。

「その約束を……破ったら……？」

求める必要のない、その先の答えを求める時任に龍園は嬉《うれ》しさが込み上げ笑みを作る。

「こっちからおまえを潰す。単純な話だ」

拳を振り上げなくても同じ。

従わない者には徹底した攻撃を加えるだけだと告げる。

「……っ」

脅されても尚《なお》、時任《ときとう》は反抗心を失うことなく龍園《りゅうえん》を睨《にら》み続けた。

「いいぜ時任。おまえのそういうところは面白《おもしれ》ぇ。だからどこまでその目が続けられるか試してやろうじゃねえか」

痛む腕を見下ろしつつ、逃げられない状況に即座に覚悟を決めた。

「石崎《いしざき》には手を出させないから安心していいぜ」

息を整える時間と先制の権利を時任に与えた龍園が、一歩下がり両手を広げる。

「やってやるさ……俺は、おまえなんかに負けたりしない……」

自分に言い聞かせ拳と拳を擦《こす》り合わせる。

喧嘩《けんか》の強さにはかなりの開きがある。

ただ玉砕覚悟で、一発だけでも龍園の顔面に拳を叩《たた》きこむ。

倍返しは覚悟の上で臨めば、やってやれないことはないはず。

そんな決意があと僅かで固まろうかというタイミングで、意外な人物が姿を見せた。

「パシリに行かせたパイセンが戻らねーから探しに来てみりゃ、なんだこりゃ？」

首に手を当てながら、その場に姿を見せたのは1年Dクラスの宝泉《ほうせん》。

中学時代から龍園とも浅からぬ縁がある存在だった。

「時任パイセンよー。こりゃどういうことだ?」

「……何でもない……っ」

同じグループではあるが、1年の後輩に泣きつくわけにもいかず時任がそう答える。

だが拳を握りしめた状態で龍園と対峙《たいじ》していて、何もないわけがない。後輩に泣きつけない先輩としての意地もあったが、これはクラス内の問題。これが発端でグループに不利益をもたらすことは出来ないと考えたからだ。

「邪魔だ。消えな」

場が白けるからと、龍園が軽く手で追い払おうとする。

「何もねえならさっさと俺ら1年の飲み物買ってこいよ」

宝泉は宝泉で、そんな龍園など気にした様子もなく無視して時任に強めの口調で言い放つ。

「は? 飲み物? 一体なんのこと……っ!」

先制の権利を貰《もら》った時任だったが、それを行使せず呆《ほう》けていると龍園の腕が再び伸びてきた。そして左の前腕部を喉元に押し当てられ、壁に叩きつけられる。

「ぐはっ……!?」

声を出し切れない悲鳴をあげ、悶絶《もんぜつ》する時任。

「引っ込んでな宝泉《ほうせん》。今テメェの相手はしてねえんだ」

「知らねーよそんなこと。こっちはこっちで、時任《ときとう》パイセンに話しかけてんだよ。テメェこそ部外者なんだから引っ込んでろ。殺すぞ？」

「――ハッ。こんな場所まで探しに来たってのか？　寝惚《ねぼ》けるんじゃねえぞ」

龍園《りゅうえん》は宝泉の裏に誰かがいるのではないかと勘繰っていた。

「ほ、宝泉は関係ない……。俺が石崎《いしざき》に、ここに、呼ばれたって……伝えてた、だけだ」

「あ？　おい石崎。テメェどんな文章送りやがった」

「えっ!?　そ、その普通っス！　体験教室の辺りまで急いで来いって、それだけで！」

相部屋を空ける際にどこに行くか伝えることのリスクを考慮していない石崎の凡ミス。

鼻で小さく笑う龍園を見て、石崎も自分がミスをしたことに気が付いた。

「すんません龍園さん！　おい宝泉、おまえは向こうに行けって！」

何とか挽回《ばんかい》しようと宝泉の太い右腕を掴《つか》んだ石崎だったが、その腕を振るわれ一瞬で振《ふ》り解《ほど》かれる。

「触んじゃねえよ。殺すぞ」

「うっ……！」

恐れている龍園とはまた一味違う宝泉の強烈な威圧に、石崎が怯《ひる》む。

そんな宝泉は立ち去ろうとするどころか、龍園と時任の方に向けて歩き出した。

「どうやら遊んで欲しいらしい。アルベルト、こいつの相手でもしてやれ」

巨体に似合わず音も立てず姿を見せると、宝泉の前にアルベルトが立ち塞がる。

「相変わらず舎弟に頼まなきゃ何も出来ねえんだな」

「馬鹿みたいに、1人で突っ込んでくだけが喧嘩《けんか》じゃねえのさ」

宝泉はあくびをしたかと思うと、直後に喉を鳴らして痰《たん》を床に吐き捨てた。

「アルベルトつったか。おまえとは一度殴り合いたかったとこだ、卓球やるよか面白《おもしれ》ぇかもなぁ」

合宿先とは思えない荒れた状況に、龍園は宝泉から視線を切り時任を直視する。

「これで邪魔はいなくなった。喧嘩の続きと――――」

「すみませんが、その手を放してもらえませんか龍園先輩」

「あぁ？」

更なる制裁を加えようとした龍園に対し、再び止めるように声をかけた人物。

それは1年Cクラスの宇都宮陸《うとみやりく》だった。

「なんだ宇都宮、テメェも来たのかよ」

「ど、どうなってんだ？」

動揺したのは石崎ただ1人。

「あぁ？　そういや時任パイセンの話をおまえも聞いてたんだったか」

「おまえが先輩に手を上げるんじゃないかと心配で見に来た」

「どこに目ン玉付けてんだ。俺が手を上げるわけねえだろうが」

侮蔑の目で宝泉《ほうせん》を見つつも宇都宮《うとみや》は時任《ときとう》と龍園《りゅうえん》の方へと歩みを進める。

それを止めようとした石崎《いしざき》だったが、アルベルトと対峙《たいじ》していた宝泉の長い腕にジャージの袖口を掴《つか》まれ引き込まれてしまう。

止める存在がいない状態。恐れることなく距離を詰め、時任を押さえつけたままの龍園の左腕の上腕部を掴む。

「時任先輩は俺のグループのメンバーだ。ここで怪我《けが》をするようなことになれば、明日に響く可能性もあります。幾らクラスの問題でも見過ごせな、ません」

説明など聞かずとも、漂う空気から厄介事を感じ取った宇都宮が仲裁に入る。

「関係ねーな。こんな糞《くそ》みたいな交流会でキャンキャン吠《ほ》えに交じってくんじゃねえよ」

「……糞みたいな交流会で立場利用して脅しかけてる奴《やつ》の方が問題だろ……」

一歩も引かないどころか、宇都宮は怒気を強めて龍園に向かいそう言い放つ。

「なんだ？　だったら俺を止めてみるか？」

「いいのか？　先輩として仲間の前で恥を掻《か》くことになる」

もはや敬語を使うことを諦めた宇都宮は、瞬時に喧嘩《けんか》の心づもりをする。

「オイオイオイオイ！　勝手に龍園と始めようとしてんじゃねえよ！」

それが気に入らず宝泉が廊下中に響く大声で怒鳴った。

「うるさい黙ってろ宝泉。おまえに用はない、余計な騒ぎは起こすな」

「あぁ？　なんだテメェ。誰に向かって口利いてるか分かってんのか？」

「デカいゴリラに話しても言葉は通じないか」

時任の加勢に来たかと思われた宇都宮だが、宝泉にも龍園同様の扱いをする。

「いいぜだったら、アルベルトパイセンの前におまえからだ」

「何度も言っただろ。いつでも相手をしてやると」

1年同士で揉《も》め出すのを見た龍園は見慣れない光景に思わず吹き出す。

「クックック。随分騒がしくなって来たじゃねえか、この学校も。入学した頃は真面目でつまらねえ人間ばっかりだと思ってたが、血の気の多い奴もそれなりに顔を出してきやがった。こっちとしちゃ大歓迎だ」

宝泉に加え、宇都宮も加わったことで龍園は時任の拘束を解放した。

座り込んで荒く咳《せき》をする時任から視線を切る。

「おまえのリベンジだってこの場で受け付けてやるぜ、宝泉。ついでにそっちの1年もまとめて相手してやる」

この場においては時任のことなどもうどうでもよくなった龍園。

「いいぜ。楽しい合宿になってきやがった。じゃあまずは、テメェから消えとけや！」

宝泉《ほうせん》の力強い拳を自らの手で受け、アルベルトの唇が固く結ばれる。

「おうおう、流石《さすが》に耐えるじゃねえか！　そう来ないとなぁ！」

もはや暴力沙汰にならなければこの場は収まらない。そんな様相を呈し始めていたが、宝泉の大声がここにきてその事態を一気に収束させる。

「なんだなんだ？　何してんだおまえら」

3年生を筆頭に男女数人が騒ぎを聞きつけ体験教室のエリアに姿を見せ始めた。

「チッ。面白くなりそうだったんだがな」

「ち、クソが」

自分が大声を出したせいだと考えもしない宝泉も、龍園《りゅうえん》同様に舌打ちする。

「まさか喧嘩《けんか》じゃないだろうな？」

「いえ、違います。俺たちは軽く話していただけだ。です」

即座に宇都宮《うとみや》が3年生の前に行き、そう言って誤魔化《ごまか》した。

状況が悪いと見た龍園、宝泉たちは睨《にら》み合《あ》いつつも自然と背を向け距離を取った。

「行くぞアルベルト、それから石崎《いしざき》。テメェには後で色々と勉強を教えてやる」

「う、うす！　ありがとうございます!!」

3人は睨み付けてくる1年2人と時任《ときとう》をスルーして、この場を後にした。

去り際、アルベルトは宝泉の大きな背中を見つめた後、こう呟《つぶや》く。

「His fighting ability may be equal to or greater than Ayanokoji. He's a tremendous freshman」

受けた拳の重さは綾小路《あやのこうじ》と遜色なく強烈だったと、手の痺《しび》れが物語っている。

戦わなくて良かった、という意味を込めた言葉だった。

だが龍園は、そんなアルベルトの発言に失笑を隠せずにいた。

「笑わせんなよ。単純なパワーだけなら確かにあいつに張り合えるかも知れねぇが、強さで比べりゃ話になってねえんだよ。綾小路の強さの根源はそんな単純なもんじゃ比較にならねえな」

拳を広げて手のひらを見た後、アルベルトも屋上での一件を思い返し確かに、と頷《うなず》く。

重さ軽さの次元を超越した相手だったことを心が思い出したからだ。

「にしても時任の奴《やつ》、随分坂柳《さかやなぎ》に入れ込んでるみたいでしたね……。なんか手を打っておかなくていいンすか？　橋本《はしもと》みたいに裏切るってことも……」

石崎の不安は言葉にするまでもなく、龍園の中に想定として浮かんでいる。

「そこまでバカじゃねえよ時任も。これ以上は放っときゃいい、十分に釘《くぎ》は刺した」

「……うす。龍園さんがそう言うなら」

「Aクラスに注力する。今一番厄介なのは坂柳より鬼頭《きとう》の野郎だ。下手すりゃ鉄砲玉になって暴れ出してもおかしくないからな」

「何だか抗争って感じがしますね」

「抗争か。確かに、この先はどんなことが起こってもおかしくねえからな」

間もなく始まる学年末試験。

波乱が起こることを理解している龍園《りゅうえん》は、その先に向けて備えを始めている。

3

龍園と時任《ときとう》、宝泉《ほうせん》たちとの間で揉《も》め事《ごと》が起こっていることなど、この時のオレは知る由もなく、風呂の後はロビーのソファーに座ってのんびりと天井を眺めていた。

丁度今朝、坂柳《さかやなぎ》が座っていた席の隣だ。

橋本《はしもと》に頼まれた偵察。今朝接触して感触は得られたので個人的には満足しているのだが、特に何も報告していないため成果を期待されている。その気は無くとも、一応はそれらしいことをしておくべきと考えてここにいる。

「あ～！　綾小路《あやのこうじ》くん、ねえねえちょっと私の話聞いてくれる～!?」

本人は相部屋に戻ろうとしていた様子だったが、オレを見つけた佐藤《さとう》は進路を変え何とも悔しそうな様子で近づいてくる。

「何かあったのか？」

「何かあったも何も交流会だよ、交流会。私マジで上位狙ってたからさぁ……」

落胆を隠そうともせず、オーバーにがっくりと肩を落とす。

「買いたいモノあったし、一応私なりに全力で頑張ったんだけど。ううっ」

佐藤のグループは2日間12戦を終えて7勝5敗。

十分健闘しているが、3位入賞は厳しい局面を迎えている。

「このまま踏ん張れば10位入賞の可能性は結構高いんじゃないか？」

そこをキープできるだけでも5000ポイントは貰《もら》える。悪くない金額だ。

「そうだね、そこが絶対目標かな。でも不安なのは、今日の結果でグループのモチベーションが結構落ちちゃったって言うか……」

上位入賞を目指していたのなら、確かに気落ちしてしまうのも仕方がないか。

今回の交流会、とにかく上と下の差が激しい状態が続いている。

負けているグループは12戦12敗、もしくは11敗などとにかく勝ち星がつかない。

そのため、南雲《なぐも》グループのように真面目にやっているところに勝ちが集まってしまう。

3位のグループと佐藤のグループは3勝差だが、この差は結構大きい。

「やっぱ今日の最後のゲームがなぁ、悔いが残るんだよね」

「最後は誰のグループだったんだ？」

佐藤のグループがどこのグループと戦っていたかは把握していないため聞いてみる。

すると、ちょっとだけ佐藤《さとう》はしまった、そんな顔を見せたが教えてくれる。

「──南皮《みなみかわ》先輩のグループだよ」

3年Cクラスだな。確か南皮のグループメンバーの中には小野寺《おのでら》がいたな。

元々折り合いが悪かった佐藤と小野寺の2人が不仲なのは割と周知の事実だが、失言だったと感じているのならそれが原因とみても良さそうだ。

佐藤も小野寺も、どちらも接する限りは普通の女子生徒だ。

何も知らない側からすると仲良くしててもおかしくなさそうだが、そうはいかないのが人間関係でもある。

今も小野寺が好きじゃないのか？　そう聞くのは簡単だが聞くべきことじゃない。

「その悔しさは明日に持っていくしかないな。佐藤の頑張り次第じゃ可能性はまだある」

「……だね」

この後少し話題を変えて話をした後、佐藤はグループの人間に呼ばれて去って行った。

その後も大きな収穫を得ることのないまま、オレは相部屋へと戻って来た。

「誰もいないな」

室内には少し乱れた布団が残されているだけで、人っ子一人見当たらない。

携帯を開くと橋本《はしもと》から10分程前にメッセージが届いていた。

『女子の部屋に行ってるからそっちで合流しようぜ』

偵察を依頼しておきながら随分と呑気《のんき》なことだ。

まあ、異性の部屋に遊びに行くことも合宿の王道の1つと言えるかも知れないが。

踏み荒らされている布団を元に戻してから、女子の部屋に向かうことを決める。

橋本のメッセージに気付いてから更に5分ほど経過した後、女子の相部屋を訪ねた。

同じ建物の同じ間取り、同じ家具に装飾品。

当たり前のことだが、男子が使っている相部屋とは何の遜色もない場所。

唯一の違いと言えば異性が存在しているだけ。

それ以上でもそれ以下でもないのに、どうしてこうも違って見えるのだろうか。

これを良《い》い空間と捉えるか悪い空間と捉えるかは、人それぞれに委ねられる。

1年生から3年生の鬼龍院《きりゅういん》まで、女子は全員揃《そろ》っていた。

1年男子は全員が緊張した面持ちながらもどこか嬉《うれ》しそうにしている。

山村《やまむら》はどこか元気が無いのか表情がいつもより暗い。今回の交流会では出番もなく、どんな過ごし方をしているのかグループの中で一番分かっていない。

「よう、来たか」

「呼ばれたからな」

思ったよりも男子たちは楽しそうだ。

だが思ったよりも女子たちのテンションが低い。つまり、楽しくなさそうだ。

一瞬で2つのデータが脳に入ってくる。

橋本《はしもと》が半ば強引に女子の部屋に男子を連れて遊びに行ったって流れだろう。

「ちょっと困っててさ。なんか盛り上がるもの持ってないか？　部屋の空気ちょっと重たいだろ？　それを払拭するような一発ギャグとか」

「生憎《あいにく》とそんなギャグは無いが、小ネタとしてこれはどうだ？」

オレはジャージのポケットに突っ込んでいたケースを1つ取り出して見せる。

「お、いいじゃん。結構気が利くんだな」

体験学習のゲームリストにも入っているため、トランプは山ほど準備されておりすぐに手に入る。

橋本はコレを歓迎してくれたようで、貸してくれよと手を伸ばしてきた。

それを受け取るとケースを開けて中からカードの束を取り出す。

「トランプとは王道中の王道だな綾小路《あやのこうじ》」

椅子に座って携帯を見ていた鬼龍院《きりゅういん》が、座ったままこちらに声をかけてきた。

「以前、ある金髪の先輩に合宿の定番と言えばトランプだと教わったので」

「ん？　もしかして南雲《なぐも》か？」

背もたれに預けていた身体《からだ》を起こし、興味深げに聞いてくる。

正解だと頷《うなず》いて教えると、鬼龍院はその事実が面白かったのかちょっと笑った。

「あの男もベタなことをするものだ」

「それに今日はトランプで初めてグループが負けましたからね、振り返りも兼ねてです」

「トランプですか」

鬼龍院の近くで窓の外を見ていた森下《もりした》が、こちらに気付きそう呟《つぶや》いた。

そして正座したまま両手で畳を蹴ってこちらに近づいて来る。

「アレしましょう。アレ。最後にジョーカーを持っていた人が負けのゲーム」

「随分と目を輝かせてるな……もしかして好きなのか？　トランプ」

「好きか嫌いかは判断しかねます。やったことがないので」

「やったことがない？　そんな化石のような人間がマジでいるのかよ」

橋本が、目を丸くして驚く。

「私とトランプをするに値する人間がいなかったもので」

それはつまり、今までそんな関係の友人がいなかった、ということだろうか。

「いや待てよ。おかしいぜそれ。おまえトランプに得意の5つけてなかったか？」

確かに森下はトランプの項目で最大評価の5をつけていた。

「私ほどの才能の持ち主なら、未経験でも強いと思いましたので。そもそもあれは得意かどうかの確認ではなく自信があるかどうかの5段階評価でしたよね？　だから5です」

フン、と胸を張って堂々と答える。確かに自信に溢《あふ》れているな。

「なんだそりゃ……。でもその割に今日のゲームには呼ばれてなかったみたいだけどな」

どうして選ばなかったのか、その答えはリーダーである鬼龍院《きりゅういん》だけが知っている。

「そうです。どうして選んでくれなかったんですか」

「トランプに自信があるというのも胡散臭《うさんくさ》いだろう？　だから外したのさ」

回答したリストからそう判断したらしい。その所感は当たりだな。

「まあそのことはいいです。とにかくトランプしましょう。さっさと配ってください綾小路清隆《あやのこうじきよたか》」

何が何でもやりたいことだけは伝わって来たので、持ってきた身としては悪い気はしない。全員が一度に出来るわけじゃないのでどうしたものか。

「じゃあこういうのはどうだ？　1試合4人。男子だけの大会と女子だけの大会。その後に男女混合の大会をやるってのは」

判断に迷っていることに気付いた橋本《はしもと》が座組を作ってくれる。

「悪くありませんね。それで行きましょう」

既に森下《もりした》は乗り気のため断る様子は一切ない。終始大人しい椿《つばき》はやらないかとも思ったが、そんな椿も含め他の1年生たちも意外とやる気のようだった。

「山村《やまむら》もこっちに来たらどうだ？」

遠く離れたところで1人座っていた山村に声をかけるも、首を左右に振られる。

「あの……私は……見てます」

「いいのか？」

山村は参加する気がないのか、小さく頷《うなず》いて断りを入れてくる。

「やらないと言ってる人間を交ぜる必要はありません。さあ、さあ、やりましょう」

勢いの強い森下に気圧《けお》されつつ、すぐに始まった女子のトランプゲーム勝負。

「この交流会は良《い》い交流会です」

「安い評価だな。トランプが出来るくらいで満足かよ」

あぐらをかいて座っている橋本が、足に肘をつきながら呟《つぶや》く。

「満足はしてますが後ろからカードを見ないでください」

「別に手札を言ったりしないっての」

「橋本正義《まさよし》はいつ裏切るか分かりませんからね」

そう言いながら手札を自分の身体《からだ》で隠す。

不服そうに苦笑いを浮かべた橋本ではあったが、実際に裏切り者だからな……。

「しかし見えてきましたよ」

森下は初めての経験をしつつ、ただ楽しむだけではなく自分なりの分析をしていた。

「このゲームには幾つかの戦略があるのだと」

そう言い、森下は1枚のカードだけを露骨に目立つようにして手に持つ。

「どうぞ椎名《しいな》ひより。遠慮せず好きなカードを引いてください」

「何だか……ちょっと気になりますね、この1枚」

「そうでしょう？　これこそが私の考えた高度な戦略です」

ちなみに橋本《はしもと》には見えなくなったが、今度はオレの座っている位置から森下《もりした》の手札がしっかり見えるようになった。

どうやら孤立させた1枚はジョーカーらしい。

怪しいからこそ、そこにはジョーカーを持ってくるはずがない。という狙いか。

戦略としての観点から見た場合、悪い手じゃないかも知れない。

確率そのものが上がることを明確には証明出来ないが、心理的にその1枚を引かせる、引いてみたくなると思わせるだけの力は確かにありそうだ。

「どうしましょう……」

怪しみつつ、右手に持った4枚の方に逃げようとしたひよりだが、指先が止まる。

どうしても左手の1枚が気になってしまうようだ。

「どうぞ好きに選んでください」

感情の起伏が少ない森下の人間性も相まって、絶妙な惑わせぶりだ。

長考した末、ひよりは左手の1枚に魅入られ引いてしまう。

手元に引き寄せ裏返し、自分が手に取ったのがジョーカーだと知りガッカリする。

JOKER

その分かりやすい態度に全員が、ジョーカーが誰の手にあるのかを悟ったことだろう。

「表情に出すとはまだまだですね」

それから数巡、沈黙の中ゲームが進行していく。

最初に上がったのは1年生の榮倉《えいくら》。そして2番目に上がったのは初川《はつかわ》。

早い段階で上手《うま》くジョーカーを渡した森下《もりした》だったが、結局その後のカードの揃《そろ》いは1年生の2人に負け、ひよりとの最終決戦に。

そして残った2枚をひより、ラスト1枚を森下が持った状態に移行する。

「どうぞ森下さん」

スッとカードを2枚、同じように持って差し出す。

それを凝視した森下は、こちら側から見て右側のトランプを指先で掴《つか》んだ。

しかしそれをすぐに引こうとはせず、声をかける。

「コレですか？」

「……何がですか？」

「ジョーカーじゃないかな、と思いまして」

「それはお答えできません」

「私はジョーカーだと思っています」

「なるほど……では避けた方がいいかも知れませんね。反対にしますか？」

「いいんですか？　負けますよ？」

「でも、実際はどちらがジョーカーかは分かりませんから」

「甘いですね椎名《しいな》ひより。謎は全て解けました」

森下はつまんでいたカードから指を離し、左側を掴み勢いよく引く。

こちらに向けられた森下のカードは――――ハートの５。

「私の勝ちですね」

「負けました」

ひよりは残念そうにはしながらも、負けたことすら楽しんでいるようだった。

一方の森下は何がなんでも勝ってやりたい、そんな気持ちが先行していた。

それから男子だけの試合をやった後は、男女混合の試合へと移っていく。

「さあ次の試合をしましょう、次の試合」

まだまだ遊び足りない森下だったが、オレはずっと気になっていたことを口にする。

「そろそろ山村《やまむら》も参加しないか？」

「……いえ、私は……大丈夫です……」

ずっとこっちを見てはいるのだが、視線は試合を見ている感じではなかった。

心ここにあらずといった様子でどうにも元気がない。

トランプでもしてくれればと思って声をかけたのだが、やはりダメだろうか。

「山村《やまむら》さん。ぜひ一緒にしましょう？　楽しいですよ」

そのタイミングでひよりが傍《そば》に近づき、そう声をかける。

「でも……」

「さ、どうぞどうぞ」

山村もひよりの柔らかな態度に断り切れず、優しく背中を押される形で参加することに。

だが試合が始まってすぐ、思いがけないトラブルが多発した。

「あ、あの。私の番……です」

「っと、すみません山下《やました》先輩。どうぞ、引いてください」

隣の新徳《しんとく》に順番を飛ばされそうになった山村が慌ててカードを差しだす。

名前も間違えられていたが、そこはもう割り切っているのか山村が訂正する素振りすらなかった。

ちゃんと円を作って座っているのに、山村の手札を引く生徒がそれを飛ばす。

もしかしたらこうなることが嫌でトランプを避けていたのかもしれないな。

一度ならミスで済むが何度もとなると外野で見ているオレには良く目立つ。

山村の存在は想像以上に希薄なのだろうか。

尾行のセンスは前々から知っているが、こうして肉眼で見ている分には見落とすなんてことは通常あり得ない。

ただ、これが山村をしっかりと認識するよう心掛けているからなのか、第三者が山村を気にかけていないせいなのかはハッキリしない。

今度誰かに聞けるタイミングがあれば聞いてみることにしよう。

4

女子部屋からの帰り道。

携帯を見ると消灯時刻まであと20分ほどと、随分遅くなっていたことに気付く。

「いやー楽しかった！　ってか何で女子の部屋ってあんな良《い》い匂いなんだろうな」

「ホントホント。……つか、椿《つばき》さん可愛《かわい》くなかった？」

「マジで？　おまえ椿派なの？」

などなど1年生は初めての女子部屋に興奮が隠しきれて（隠す気も）ない様子だ。

「楽しめたみたいだな、あいつら」

はしゃぐ後輩たちを見て連れて行った甲斐《かい》があったと、橋本《はしもと》も満足げだ。

ただ次の瞬間には橋本の表情から笑みは消え、硬いものに変わっていた。

「悪いけどおまえら先に戻っててくれないか？　綾小路《あやのこうじ》はもう少しだけ付き合ってくれ」

オレ以外にそう伝えると、全員が素直に返事をして相部屋に戻って行く。

「どうかしたのか？」

「時間的にも部屋に戻ったら寝るだけだろ？　坂柳《さかやなぎ》のことを聞けてなかったからな」

「収穫を期待してたんだったら残念だが何もないぞ」

「けど、今日坂柳には会ったんだろ？」

確かに今朝、坂柳と接触したことは事実だ。

どこからか情報を手に入れたか、単純に嘘《うそ》で釣ろうとしているのか。

探りを入れることも出来たがそれは不要だろう。

どちらにせよオレの回答は既に決まっているためだ。

「色々と牽制《けんせい》は入れたが相手は坂柳だからな。正直、詳しいことは聞き出せなかった。難しい相手なのは分かってるだろ？」

何を言っても疑いの目を向けるであろう橋本《はしもと》に対し、淡々と言葉を続ける。

「それに、のんびり話し込むだけの時間がなかったのもある」

深い追及は面倒なので、言葉に言い訳染みた意味合いを含ませておいた。

「……まあいいさ。どっちにしてもこの先の結果は変わらないだろうしな」

その結果とは、こちらから語るまでもなく、それを橋本が口にする。

「坂柳と龍園《りゅうえん》が優勝戦線から2日目で脱落なんてな。何とも呆気《あっけ》ないまま淡々と終わりを迎えたって感じだぜ」

坂柳のグループは12戦5勝7敗。龍園のグループは12戦3勝9敗。

明日の7試合で相当な大波乱でも起きない限り、上位入賞は絶望的だ。

「ま、結局交流会は捨てたってことなんだろうな。あの2人はどの体験学習にも顔を出してない。最初から報酬を受け取る気はなかったってことだろ？」

「そうなるな。それが分かったのに嬉《うれ》しそうじゃないな」

「そりゃそうさ、どう考えても気持ち悪いだろ。あの2人が呆気なく敗退なんてよ」

まずは疑ってかかるのが橋本の性格。

一度も浮上することなく両者のグループが上位戦線から姿を消した。

確かに結果だけを見れば橋本が警戒したくなる気持ちは理解できる。

しかしそれ自体は杞憂《きゆう》だろう。

プライベートポイント重視の龍園だが、今回の合宿で手に入るプライベートポイントは事前告知の通り非常に特殊で、買い物以外には使い道のない限定されたもの。

もちろん手に入るだけありがたいが、龍園が重要視しなくても無理はないと言える。

むしろ3日間を自由に動き回れる方が情報の観点からは得かも知れない。

今は坂柳の様子を逐一、見ておく方がいいだろうしな。

一方、生存と脱落の特別試験で敗北した坂柳も、今回の交流会はクールダウンに充《あ》てる方が先のためになる。

自然の中でゆっくりとした時間を過ごし、傷を癒《いや》すのは最適行動の1つだ。

だからこそ橋本《はしもと》もどっしりと構えるべきなのだが、実際には余裕がない。

平静を装いつつも、焦りを隠しきれていない。

「賢い坂柳《さかやなぎ》のことだし、逐一俺の様子を探らせてくると思ったんだがな……」

緩い交流会の中にあっても、退学を狙ってくるかも知れない。それくらいの危機感を橋本も持っていたはずだ。

「豊橋《とよはし》たち1年が、もう坂柳に籠絡《ろうらく》されてるってことはないよな？」

いちいち言葉にして確認はしなかったが、真っ先に橋本が後輩と仲良くなろうと行動したのも、それを未然に防ぐ目的があったはずだ。

「グループを組む前から坂柳がスパイに仕立て上げてたってこともある、よな？」

「1年生たちとの関係は橋本の方がよく分かってるんじゃないのか？」

交流会よりずっと前、後輩が入学してきた直後から坂柳の足として働いていた事実は変わらない。

「ああ……多分……無いはずだ。基本的に坂柳は直接交渉には動かなかったし、めぼしい1年とは俺が基本間に入ってやりとりもしてた。だけど間接的にでも――」

表情こそ必死に笑みを作っていたが、自分で自分を追い込んでいく。

「特定の誰かを特別試験以外で退学させるのは簡単じゃない」

少しは落ち着くよう促してみるが、言葉は届きつつも呑《の》み込《こ》み切れていない。

「分かってるさ。分かっちゃいるが……あの坂柳だ。俺が想像してないようなことをやってくる可能性は否定できないだろ」

そう言った後、自分が泥沼にハマっていることにやっと気付いたのか立ち止まる。

「やめだ。いったん、坂柳のことは忘れた方が良さそうだな」

「その方がいい」

橋本は頬《ほお》に空気を入れて、ふーっと強く息を吐いて呼吸を整える。

「うし、ちょっとロビーのトイレに寄ってから戻る。先に戻って寝ててくれ」

「もうすぐ消灯時間だ、遅くなりすぎないようにな」

「ああ」

相部屋のトイレは使いづらいと思ったのか、あるいは別の目的があるのか。

橋本は1人、もう人の気配のなくなったロビーのトイレへと入って行った。

○静かな決着

他学年との生活も今日で3日目。

明日の昼前には、もう学校に戻るバスに乗り込んでいる頃だろう。

いよいよ交流会も大詰めで南雲《なぐも》グループとの戦いも控えているが、早朝のこの時間しっかりと堀北《ほりきた》と伊吹《いぶき》は姿を見せていた。

「あんた、今日は目隠しして私たちとやりなさいよ」

「会うなりいきなりだな。しかもとんでもなく無茶《むちゃ》な要求だ」

「一発くらい蹴り飛ばさないと、イライラして仕方ないのよね」

その無茶な提案は流石《さすが》に受け入れられない。相手が格闘技未経験ならいざ知らず、堀北と伊吹相手に目隠しした状態ではさすがに苦戦を強いられる。

まして専守防衛に努めている中では、ただリスクを背負うだけだ。

「目隠しさせても特訓に繋《つな》がらないから却下よ」

「よく言った堀北」

「お願いするなら特訓の後にしましょう」

「それは違うぞ堀北」

1秒もかからずにオレは堀北を訂正することに。

「綾小路《あやのこうじ》くんにフラストレーションを溜《た》める気持ちはよく理解できるわ。でもまずは目先の天沢《あまさわ》さんを倒すことを最優先すべきよ。そうでしょう？」

「……まぁね」

これでも、かなり献身的に手伝いをしているんだがな……。中々の言われようだ。

ともかく何としても天沢へのリベンジを成功させるため、気合いは十分らしい。

「じゃあ早速始め――」

そうオレが声をかけようとしたところで、伊吹がストップをかけた。

「トイレ」

「あなた済ませてきてないの？」

「大丈夫だと思ったのよ。でも寒くなったらちょっとね、ってことで待ってて」

「全く……」

呆《あき》れる堀北ではあったが、尿意を我慢しろというのも酷な話だ。

万が一にも、活発に動き回っていて栓が緩んだら大変なことになるしな。

トイレに戻った伊吹を見送りつつ、堀北が話しかけてきた。

「今日を迎えて分かったことがあるの」

「分かったこと？」

「天沢《あまさわ》さんとのリベンジを4日目の朝にすることを、あなたが絶対条件にした理由よ。特訓の回数を増やすため、というのはもっともな理由だけれど、時間を作ろうと思えば早朝だけでなく人目を盗んで出来るはず。最終日にした一番の理由は怪我《けが》のリスク管理をしたかったんじゃないか、って。交流会の決着がつく前に身勝手な戦いをして怪我なんてことになったら、真面目にやっている人たちに示しがつかないもの」

2日目で上位入賞が叶《かな》わなくなった伊吹《いぶき》のグループならいざ知らず堀北《ほりきた》のグループは1位候補だ。上に立つ側としてその視点に気付くことが出来たようだ。

「あなたの実力なら、私に怪我をさせずに立ち回ることも苦じゃないでしょうし」

「もしそうだとしてもオレが怪我をするかも知れない可能性は？」

「……あるの？」

「ないな」

即座に返すと、ちょっとだけイラっとした顔を見せてくる。

「普通の人が言ったら、間違いなく顰蹙《ひんしゅく》を買うから気をつけることね。やっぱり後日、目隠しして相手をしてもらおうかしら？」

「それはやめてくれ。こっちも堀北には遠慮する必要はないと思ったからな。他の相手ならこんなことは言わない」

「それは、私としては喜んでいいのかしら……？」

「良かったな、特別扱いだぞ」

「それは嬉《うれ》しくない特別扱いよ」

最近は本当に堀北と、何でもない話をすることが増えてきている。

世の中、過去未来も含めればオレたちと似たようなやり取りをして、怒ったり笑ったりし合っている者たちが他にもきっといるんだろう。

「全然関係ない話だが、周囲が思う存在の薄い生徒っていうと誰が浮かぶ？」

そう問いかけると堀北は少しだけ考えた後、答えを出した。

「綾小路《あやのこうじ》くん」

「……オレか？」

「少なくとも入学した当初のあなたはクラスの中でも目立ってなかった方よ」

「なるほど確かに」

入学時40人いた生徒の中でもオレは下から数えた方が圧倒的に早かっただろう。

「最近は割と存在感を増してきているから、今は当てはまらないけれど」

確かに最初と比べれば自分でも随分と変わったと思う。

周囲の環境が何よりも大きく変化している。

「影の濃い薄いはどこで決まるんだろうな」

「ん、そうね。存在を消したいとか、目立ちたくないとか、そんなことを考えていると自然と影が薄くなっていくんじゃないかしら。発言だって少ないでしょうし」

どれも山村《やまむら》に整合する部分だ。

1つ1つは大したことがなくても、複合すると大きな影響を与えるのかもな。

「どうかしたの？」

「いや、何となく気になっただけだ」

「そう？　あぁそうだ、あなたに頼まれていた例の件なんだけれど――」

特訓の話を堀北《ほりきた》に持ち掛けられた時に、こちらからお願いしていたこと。

それについての結果が堀北から報告される。

「……私が気付いたのはそれくらいなのだけれど……何かの役に立つの？」

「ああ十分役立つ、調べてくれて助かった。頼み事はこれで終わりにしてくれていい」

忠実に従ってくれた堀北は終始、その意味は分からなかったようだが深くその理由を聞いてこようとはしなかった。

「それにしても伊吹《いぶき》の奴《やつ》遅いな」

「そうね。一体何をやっているのかしら」

ロビーのトイレに行って戻るだけなら、そんなに手間取ることは考えられない。

「まさか部屋に戻って寝たんじゃないのか？」

「流石《さすが》にそれはないと思いたいけれど……ないとは言い切れないのが伊吹さんね」

「携帯は？」

「邪魔になると思って部屋に置いてきたわ」

「そうか。なら堀北には悪いと思うが、もし伊吹が戻って来なかったら今日は中止だな」

「仕方が無いことね。伊吹さんも一緒に戦うのが条件だもの」

昨日1回だけの特訓では焼け石に水だが仕方がない。

次もまた合宿や無人島のような監視の緩い場所に合同で出かける機会があると期待して、延期を申し出るのが最善の策かも知れない。

建物のある方角をオレと堀北で見つめ、伊吹の登場を待っていたその時。

「隙あり!!」

背後からそんな声が聞こえると共に気配が急速に近づいてくる。こちらがその場から動いて避《よ》けると、直前まで立っていた位置に伊吹の足が伸びていた。

迷いなく不意打ちで蹴り飛ばす気だったということ。

「くそ！　外した！　わざわざ遠回りして戻って来たのに！」

「悔しがるのはいいが、声を出しながら仕掛けるなよ。石崎《いしざき》と同じことをしてるぞ」

「うっ……!?　なんかそれは言われたくない……！　けど本能的に叫んじゃったのよ！」

本能からくる叫びなら仕方ないか、とはならない。

確実に倒せると分かっているならともかく、勝算の低い相手には不利でしかない。

「石崎《いしざき》くん？　あなた石崎くんとも揉《も》めたことがあるの？」

「そういう現場を目撃したことがあるだけだ。オレは無関係だ」

適当に言っておけば誤魔化《ごまか》せるかと思ったが、それは軽率な判断だったようだ。

「屋上で龍園《りゅうえん》くんと揉めたことがあるんでしょう？　その時ね？」

オレは伊吹《いぶき》を見る。悔しそうにしていたはずの表情が一転、悪い笑みに変わっていた。

「ふん、別にあんたに口止めされた覚えは無いし。されてても話すかは私の自由だし」

「別にいいんだが、色々と合点がいく」

天沢《あまさわ》へのリベンジのためオレに指示を仰いだのも、その部分が影響を与えていそうだ。

「一応他の人の手前知らないフリはしていたけれど良《い》い機会だったかも知れないわ。龍園くんたち相手に大立ち回りしたこと、認める？」

「この状況で認めないわけにもいかないだろ」

「そうね。でも私としてはやっと正式に腑《ふ》に落ちた感じ。伊吹さんの話を疑っていたわけではないけれど、誇張や間違いが混じっていても不思議は無いから」

はあ？　と首を傾《かし》げて土を蹴り上げ堀北《ほりきた》の膝元にかける。

「子供みたいなことしないの」

先生のように窘《たしな》めつつ、堀北はこの機を待っていたかのように続ける。

「私に対して、他に黙っていることはない？　他にも揉めた相手がいるとか」

「ない」

「本当に？　……私はまだ疑っていることが幾つかあるのだけれど。八神《やがみ》くんの件とか」

「八神？　どうしてここで八神が出てくるんだ？　後輩に暴力なんて振るわない。と言いたかったが宝泉《ほうせん》の件だけはノーカウントにしてもらいたいところだ」

「八神って誰よ。そんな奴《やつ》いたっけ？」

「……いいわ。時間も余りないことだし、特訓をお願いできるかしら」

いちいち伊吹に説明をしていられないと、堀北は話を中断。

オレから距離を取るように広がっていく。

「基本的には昨日と同じルールだ。重要なのはオレの動きよりも2人がそれぞれどう動くかを理解することにある」

過去に何度も手合わせを繰り返していたのなら、嫌でも相手のパターンは頭に刷り込まれている。

ここで磨かれ生まれる連係力は、間違いなく前回の天沢戦より上がるはずだ。

1

朝の特訓を終え、しばらくは息を切らせていた2人だが、いつまでもこの場に座りこませておくわけにもいかない。

「だいぶ明るくなってきた。そろそろ戻らないか？」

「気楽に言ってくれるじゃない。あれだけ動いて全く疲れないあなたの身体《からだ》はどうなってるの？」

「サイボーグなんでしょサイボーグ」

「オレだって疲れてる。ただ表情に出さないだけだ」

「肩で息もしていないのにそんな風に言われても説得力は皆無よ」

不満を漏らしつつも、堀北《ほりきた》は砂を払いながら立ち上がる。

「そろそろ戻らなきゃいけないことは確かね」

それを見て伊吹《いぶき》も負けじとすぐに立ち上がり、何なら一回大きくジャンプした。

張り合っているんだろうが相手にはされていない。

「そうだ伊吹さん、あなたは今日どうするつもりなの？」

「何、どうするって」

「交流会のゲームよ。あなたのグループは最後まで戦うつもりなの？」

伊吹のグループは既に2勝10敗と絶望的な結果になっているからな。

「あぁアレ？　知らない。一回も参加してないし」

「ならスタンプカードも真っ白なんでしょうね」

ふん、と鼻を鳴らして腕を組んだ伊吹。報酬が欲しくないわけじゃないだろうが、下位の1000ポイントくらいなら面倒な作業を飛ばす方を選びそうだ。

「暇だし堀北にでもついて行こうかな」

「……なんでそうなるのよ」

「交流会でも何でも、あんたが負けるとこ見られるかも知れないし」

伊吹の原動力ははっきりしてるというか何というか、本当にブレないな。

櫛田《くしだ》もそうだが、堀北の敗北がそんなに見たいのだろうか。

「え？　本気で張り付くつもり？」

「当然」

「負けは確定的だとしても、3年生に参加するように言われたらちゃんと従うの？」

「従わない。誰かにやってもらうだけだし」

伊吹ならその役目を1年に押し付けていても驚かないが。

他グループの事情はそれぞれ、堀北にも伊吹の考えを否定する権利はないからな。

「全く……。好きにしていいけれど、どうせなら綾小路《あやのこうじ》くんにしたら？　彼の負けるところも見られるかも知れないわよ」

「昨日2回負けたんだが？」

オレの情報は間違いなく南雲《なぐも》グループで共有されているはずだ。

「そう言えば南雲《なぐも》先輩が凄《すご》く喜んでいたわね。無傷だったのにトランプで負けたとか、呆《あっ》気《け》ない連勝の幕切れだったとか。その後も何かのゲームで負けたんでしょう？」

どうやらあまり詳しくないらしい。もしかすると南雲はグループ全体でオレの個人成績を共有せず、ごく一部の生徒だけにしか伝えていないのか？

「パッチワークで井《い》の頭《かしら》に完膚なきまでに叩《たた》きのめされたんだ」

「普段なら絶対に起こらない逆転現象ね。どんなゲーム内容でもいいからあなたの負けるところが見たかったわ」

「おまえも伊吹《いぶき》と変わらないってことだな」

そんな突っ込みを受けて、少し不服そうではあったが結局笑って頷《うなず》いた。

つまりは気に入らない相手の負けている姿を見たくて仕方ないってことだ。

「コイツは負けても悔しがらないいんじゃない？　それにわざと負けたりしてそうだし」

「わざとの方は分からないけれど、彼も案外悔しそうにするものよ。少なくともこの様子なら2敗は本気だったようだし。ねえ？　レッサーパンダくん？」

「そのネタをまだ出すのか……」

というかあだ名を勝手にレッサーパンダにしないでもらいたい。

「ま、私は堀北《ほりきた》かな。天沢《あまさわ》の様子もちょっと見ておきたいし」

「なるほど、それも悪くないかもね。彼女の意識が少しでもあなたに向いてくれていた方が明日へのプレッシャーになるかも知れないし」

伊吹が同行することにもメリットを見出《みいだ》した堀北の結論だった。

「戻るならさっさと戻ってくれない？　寒くなって来たから」

運動して温まった身体《からだ》も、いつまでもジッとしていたら冷えてくるのは当然だ。

「くれぐれも邪魔はしないでね」

「約束は出来ない」

何なら邪魔してやる、そんな伊吹の企《たくら》みを感じずにはいられなかった。

2

あと15分ほどで、3日目最初の交流会の対戦相手が発表される。

ゲーム内容は『将棋』。

参加者はオレ、森下《もりした》、橋本《はしもと》、ひより、椿《つばき》の5名が鬼龍院《きりゅういん》から選ばれている。

だというのに、グループは1名の人材を欠いたままその時を迎えようとしていた。

「この後は森下の出番だってのにどこ行ってんだよ……」

「携帯電話も繋《つな》がらないようです」

ひよりが耳に携帯を当てながら、連絡がつかないことを教えてくれた。

「最後に森下《もりした》を見たのは？」

「私は朝食の時が最後でした。綾小路《あやのこうじ》くんが出ていく時に一緒でしたよね？」

食べ終わる時間が同じだったので、確かに食堂を同じタイミングで出た覚えはある。

30分以上も前のことだが散歩に行くなんて言っていたな。

もしかしてまだ散歩の途中なのか、あるいは迷ってしまった可能性もあるのか？

普通に過ごしている分には迷子になどならないが、もし無理にでも山道に足を踏み入れたなら話は変わって来る。

森下の性格上絶対に無いとも言い切れないか。

「あいつ将棋は絶対の自信があるとか言ってたくせに……」

「ネット対戦で鍛えたとか言ってたな」

「それは正直、胡散臭《うさんくさ》いけどな……」

その発言と自信を見込んで鬼龍院《きりゅういん》も採用したわけだしな。

本人としてもアーチェリーでの汚名を返上したいと考えていたはずだ。

「森下抜きなら代役を立ててもらうしかないが、まだ少しだけ時間に余裕があるし、オレはちょっと外を見て回る。橋本《はしもと》には屋内の方を頼んでもいいか？」

「おっけ。見つけたら連絡するぜ」

と勇んで探しに出て僅か数十秒後。

迷子？ではなさそうな、森下を呆気《あっけ》なく見つけることに成功する。

オレは声をかける前に橋本に森下を見つけた旨、メッセージを送っておいた。

それから近づいていき、声をかける。

「そろそろ交流会の時間だ」

「………」

声をかけるも、森下は何も答えない。

ただ静かに木に手を当てている。

立って寝ているわけでもないだろうに、何をしているのだろうか。

「森下？」

「少し静かにしてもらえますか。今、私は森の声を——聞いていました」

静かにそう呟《つぶや》く森下。

「……ん？」

しかしオレは脳内でその言葉を処理しきれず、思わず聞き返してしまう。

「森の声、とは？」

「分かりませんか？　森は生きているんです」

「………」

「こうして大樹に手を当て目を閉じ、そして心を落ち着け耳を傾ける。そうすれば私の言

っている意味が理解できるかも知れませんよ」

「……なるほど？」

確かに今のところ、森下《もりした》の言っている意味はさっぱり理解できない。

ここは一度、体験してみた方がいいかも知れないな。

オレは森下の横に立ち、同じように手を押し当ててみた。

そして目を閉じる。

後は心を落ち着け耳を傾けるんだったな。

「………」

「どうですか。聞こえますか？　森の声」

「いや……」

「ならまだ雑念があるのかも知れません」

雑念。生憎《あいにく》と、今は感情を無にしている。

そんなものが混ざっているはずはないのだが……。

思っていた通りだったが、全く聞こえてこない。くるはずもない。

「鼻から空気を吸って、口から吐いてください」

しかし森下はまだやらせようとする。

「それに意味はあるのか？」

「さあ？　前に風邪を引いた時、耳鼻咽喉科で鼻から吸って口から吐くように指示されたので」

「それはネブライザーの使い方じゃないのか……」

ある意味で雑念を無理やり放り込まれてしまった。

ともかく、森の声などは聞こえてこない。

「オレには無――何をしてるんだ？」

目を開けて森下《もりした》の方を見ると、携帯のカメラをこちらに向けていた。

「私の嘘《うそ》に踊らされている間抜けな綾小路清隆《あやのこうじきよたか》を高画質モードで録画していました」

「おい……」

「森の声なんて聞こえるわけないじゃないですか。ドラマや映画の見過ぎです」

「言い出したのはおまえだけどな。実践していたようだし」

「そう恥ずかしがらなくても。森の声に耳を傾けようとしていたことは内緒にしておきますから」

だったら録画して証拠を残すような真似《まね》はしてほしくないものだ。

「しかしあの病院に置いてる吸引する機械ってネブライザーって言うんですね。無駄知識が増えました。ありがとうございます」

無駄知識って言ってる時点で正攻法に感謝している言葉でないことは確かだ。

「面白い人ですね綾小路清隆は」

むしろ森下の方が圧倒的に面白い人間だと思うのはオレだけだろうか。

「ところで、私に何か用ですか？」

「そろそろ集合の時間なのに姿を見せないから探しに来た」

「そう言えばそうでしたね。私に非があったような気がしないでもないことですね」

謝罪のような謝罪じゃないような発言を受け、森下が木から離れる。

鬼龍院《きりゅういん》の待つ建物の方へと向かって歩き出す。

「1つ聞いてもいいですか」

オレは視線だけを森下に向け、話していいぞと無言で促した。

「橋本正義《はしもとまさよし》について、どう考えていますか」

「中々踏み込んだ質問だな」

「聞いておく必要があると思いましたので。何度か機会を窺《うかが》っていたのですが、好機に巡り合えませんでした」

「もしかして木々に身を委ねてたのも、オレが探しに来ると踏んでたのか？」

「あなたなら自発的に探しに来るだろうとは踏んでいました」

よく分からない性格をしてはいるが策士だな。

「同じAクラスの生徒としてはどう考えているんだ？」

「聞かれると思いました。もちろん私は直ちにクラスで一致団結し排除すべし、と」

迷うことなく橋本《はしもと》を邪魔者だと言い切る。

「オレが橋本の味方だとしたら、それは失言になるんじゃないのか？」

「嘘《うそ》を言っても嘘で返されるだけだと思いましたので。ここは正直が一番の選択かと」

駆け引きについてもよく分かっている。

下手な上辺だけで橋本への救済を匂わせても、嗅ぎつけられたなら信用は得られない。

判断が早く鋭い。そして遠慮のない物言い。

オレが見てきた同学年の中でも、それらの能力ではかなり卓越している。

やっぱり対面して話さないと、そういった人間性は分からないってことだな。

「その正直さに応えようと思うが、正直他クラスのオレには関係のない問題だと思っている。この先坂柳《さかやなぎ》が橋本を排除しようと、橋本が坂柳を排除しようと好きにすればいい」

「つまり橋本正義《まさよし》の味方をする気はないと？」

「ないな」

迷わず頷《うなず》き、それが真実であることを強くアピールする。

その態度を疑われるかも知れないが、実際に嘘ではなく本音で語っていることだ。

「もちろん今は同じグループのメンバーとして、適切な距離感と協力関係は保つけどな」

「そうですか。少し安心しました」

坂柳派閥というより、アンチ橋本といった方が近いかも知れない。

「参考までに聞きたいんだが、橋本の味方をオレがしたら困るのか？」

「困りますね。十中八九勝つのは坂柳有栖《ありす》だと思いますが、もし綾小路清隆《あやのこうじきよたか》が橋本正義に味方すればそれも危ぶまれるかも知れないと考えていたので」

どうにも森下《もりした》には想像以上に存在を買われているらしい。

「不思議ですか？　私が綾小路清隆を高く評価していることが」

「初めて話したときにはそこまでは感じなかったからな」

もちろん目を付けられていることは理解していたが、ここまでとは。

「悪い意味で前評判と実際の中身が違うことは往々にしてあることです。なのでハードルを下げていたのですが、周囲の視線や反応を見ているとそうではないようですし」

どうやら直接何かを見たり聞いたりしたというより、肌感のようなものだろうか。

自らの高い知性と感覚による評価。

女性版高円寺《こうえんじ》、というとそれは流石《さすが》に森下に失礼だが、タイプ的にはちょっとだけ似ているのかも知れない。破天荒さを減らして理性のエッセンスを足したような……。

いや、どんな表現をしようとやっぱり高円寺を引き合いに出すのはダメだな。

「では逆に坂柳有栖の味方をする可能性はありますか？」

「それもないな。というよりオレが口を出す相手でもない」

本来橋本《はしもと》は坂柳《さかやなぎ》にしてみれば数段格下の相手だ。手を貸す状況ではない。

「ただ……」

「ただ？」

「橋本にしろ坂柳にしろ、本来の力を発揮して戦うべきだとは思ってる。どちらも出せるだけの力を出した上で勝敗を決するのが一番だ。あくまでオレがそう考えてるだけだが」

まだ周りを見る余裕がなく1人で突っ走っている橋本に、神室《かむろ》のことを引きずり本来の力を出せないかも知れない坂柳。

それぞれが抱える問題点を取り除けるのなら、勝負の前に取り除いておきたい。

「綾小路清隆《あやのこうじきよたか》の考えはよく分かりました。ありがとうございます」

心の中のつっかえが取れたのか、森下《もりした》は僅かにだが笑って頭を下げた。

「後は、私は出来る限り早くこの問題が解決することを祈ります。半年も1年も内輪揉《うちわも》めが続けばAクラスにとってはマイナスでしかありませんからね」

「そうだな」

その問題なら、森下の杞憂《きゆう》に終わる。

坂柳と橋本の問題は、もう間もなく終わりを迎えることが決まっているからな。

森下が木の下から離れて歩き出す。

「では、そろそろ行きましょう。いつまでも森と戯れてないでください。子供ですね」

「戯れてたのはおまえだ……」

むしろオレは巻き込まれた被害者でしかない。

補足しておくと、森下は大言していただけあって将棋の実力は高かった。

日々ネット対戦で鍛えた腕前は、伊達《だて》じゃなかったということだ。

3

こういう時、南雲《なぐも》グループとは最後の19戦目に当たるんじゃないか。

そんな風に考えたりもするものだが、都合よく行かないのが世の常というもの。

個人成績2敗のまま迎えた17戦目で未《いま》だ無敗の南雲グループと衝突することに。

その内容は交流会では卓球に引き続き2回目となる『アーチェリー』。

これがモノ作りや運だけのゲームでなかっただけ、見せ場としては良かったと考えるべきだろうか。

南雲はリーダーとしてこの場に姿を見せているが声をかけてはこない。

今回、オレと南雲は個人的に賭けをしているものの、その事実を知る者は少ない。

偵察を命じられていた1年生すら、詳細は分かっていない可能性もあるだろう。

「で、なんでおまえがいるんだ？　森下《もりした》」

「もちろん、アーチェリーをやるためです。戦いにきました」

昨日は惨憺《さんたん》たる結果だったが、まだ懲りずに参加しようとしているのか。

鬼龍院《きりゅういん》の方を見ると、一度深く頷《うなず》いた。どうやら森下の参加を認めたらしい。

「そういうことです。大船に乗ったつもりでいていいですよ綾小路清隆《あやのこうじきよたか》」

「泥船じゃないことを期待しよう」

改めて指導者は、アーチェリーを扱ったことのない生徒を始め、経験した者にも安全性の話から始める。正しい射形を覚えることが大切だと反復して説明していく。

本場のルールとは異なり、交互ではなく6本を射た時点で交代になる形式だ。

対戦相手の5人を見た橋本《はしもと》が近づいて来て、オレの耳元で囁《ささや》く。

「葛城《かつらぎ》は昨日結構練習してやがったらしい。そんで最高36点出してる。当たったら負ける可能性もあるぜ」

よく調べが付いているものだと感心しつつ自己を振り返る。

昨日、オレの出した点数は2点、2点、4点、7点、6点、9点の30点。

心配してくるのも分かるが、ハッキリ言ってしまえば葛城なら負けないだろう。

問題は別にある。程なく、対戦の組み合わせが発表される。

1番手　堀北鈴音《ほりきたすずね》　対　柳安久《やなぎやすひさ》
2番手　平田洋介《ひらたようすけ》　対　橋本正義《まさよし》
3番手　天沢一夏《あまさわいちか》　対　綾小路清隆
4番手　神崎隆二《かんざきりゅうじ》　対　新徳太郎《しんとくたろう》
5番手　葛城康平《こうへい》　対　森下藍《あい》

ここまでの16戦、オレは全て3番手として名前を連ねて戦ってきていた。
こちらの不動の位置に、南雲《なぐも》は見事相手を合わせてきたわけだ。
「よろしくお願いしますね、先輩っ」
「おまえの対戦相手は1年の女子か。もらったな」
天沢に関しては情報を持っていないのか、橋本は楽観視してそう答える。
周囲が見守る中、先行南雲グループが一斉に的を狙い始めた。
落ち着いた様子や、余裕のある表情を見ていれば分かる。
昨日のうちに天沢はアーチェリーの練習を終え経験を手堅く積んでいると。
迷いなく、スムーズに放たれる矢が黄色く染まった9点のエリアを突いていく。
9点、9点、10点、9点、10点、10点。合計57点。
その精度の高さには参加している生徒だけでなく指導者も驚く程だった。

「嘘《うそ》だろ……」

2位の葛城《かつらぎ》が出した37点もかなりのものだったが、それとは比較にならない。

こちらが勝つためには、全て10点を獲《と》るだけの精度が必要か。

動揺が消えないまま後攻である鬼龍院《きりゅういん》グループの出番がやって来る。

嫌でも静まり返るギャラリーの中、オレは1本目の矢を誰よりも先に放つ。

射貫《いぬ》いたのは黄色エリアの8点。

他の生徒がまだ準備にもたつく間にオレは2本目の発射に体勢を移行して許可を待つ。

これで猶予は1点だけになったが、そんなことは関係ない。

最初の感触で僅かにズレていた軌道の修正に即座に入った。

2本目が真ん中の黄色い10点を射貫いた。

これが70メートルの距離ならば風の影響の考慮などもあり実現不可能だったかもしれないが、この20メートルなら弊害は無い。

指導者が矢を回収する度、間髪入れず打ち込む。

機械のように同じ動作を繰り返す。

同じ動作、同じ位置、リプレイ性を極限まで高めるだけでいい。

他者が何点取っているかなど気にせず、オレはただ残る4本の矢をど真ん中に打ち込み続けた。

58対57。勝利を自らのもとに手繰り寄せる。

僅差の勝負を繰り広げた天沢《あまさわ》からも力強い拍手を送られた。

「流石《さすが》です先輩。悔しいですけどあたしの負けですね」

「色々とルールに救われた。的が近かったこともそうだが、これが正規のルールで交替制だったならどっちに勝負が転んでもおかしくはなかった」

57点と確定させてしまった時点で、天沢はもう他の手を打つことが出来ない。

ただこちらの結果に身を委ねるしか出来なくなってしまったからな。

「念じてプレッシャーかけてたんですけど、効きませんでしたか」

周囲の雑多は全て遮断していたので、それは分からなかったな。

「昨日のゲーム以外、アーチェリーの練習はしてなかったですよね？」

「夜中に解説動画は見た」

アーチェリーだけじゃなく、合宿に来て体験したものは全て、だが。

「それで結果を出すんですからお見事ですね。南雲《なぐも》先輩に怒られちゃうかも」

負けたと言っても、57点を出した天沢を南雲には責められないだろう。

遠くから見ていた伊吹《いぶき》が露骨につまらなそうに視線を逸《そ》らす。

堀北《ほりきた》も柳《やなぎ》相手に勝利したが、天沢は負けるも圧倒的な高得点を出し、さらにその天沢にオレが勝ってしまったとなれば何一つ面白くないだろう。

「危なげなしかよ。つかすげえ安定感だったな……」

自グループに報告に戻った天沢《あまさわ》を見てから、橋本《はしもと》が感心した。

「とは言え相手はやっぱ強かったな」

南雲《なぐも》グループ対鬼龍院《きりゅういん》グループのアーチェリー勝負は、1勝4敗で負け越す結果に終わった。

「ですね。流石《さすが》に優勝候補。何とも戦いがいのある強敵でした。でも惜しかったです」

出せる力を出し切った。そんな満足した横顔を見せる森下《もりした》だった。

余談だが、このゲームで唯一の合計6点を叩《たた》き出《だ》し大敗したのは、この森下だ。

4

その後、全19戦の総当たり戦が終了した。

鬼龍院グループの最終成績は19戦15勝4敗。オレの個人成績は17勝2敗。

最終順位は4位で大健闘だったと言えるだろう。

そして当初から優勝候補と言われていた南雲グループは18勝1敗で1位。

この1敗は最後まで運の要素を避け続けてきた中、最終戦で選ばれたトランプのゲームによって、ここまで3勝しかしていなかったグループに敗れる何とも時の運を感じる幕引きだった。

人払いの済まされた憩いの間。

今、この空間にはオレと南雲の2人だけがいた。

「2敗まで許したことが南雲先輩の敗因になりましたね」

「確かにそうだな。と言いたいとこだが、12戦以上参加して2敗以下だった奴《やつ》がおまえ以外に1人もいなかった以上、そこで文句を付けるのは筋違いになるさ」

各グループのリーダーからいつでも詳しい情報を引き出せる南雲は、全ゲームの個人成績も把握しているらしい。見た目に似合わず細かいところまでよく見ている。

「一番上手《うま》い天沢を綺麗《きれい》にぶつけてきたのは流石でしたよ」

「抜かせ。3番手でやってたのはわざとなんだろ？　俺と当たった時に少しでも納得できるようにお膳立てしてたのなんざ見え透いてんだよ」

「ちょっとは先輩を持ち上げようとしている後輩の意思を素直に汲《く》んで欲しいんですが」

「だったらもっと上手くやれ。煽《あお》ってるようにしか聞こえないんだよ」

なるほど……。確かにもっと自然で上手い言い回しにしないとダメだったかもな。

「個人対決では何とか天沢に勝てましたが、グループ戦の観点では本当に完敗でした。オレたちのグループも誰一人手は抜いてなかったんですが、明らかに全員が高いレベルでゲームに挑んでいたことがよく分かる試合展開でした」

徹底して、3日間グループメンバーに経験を積ませたことが優勝に直結していた。

「勝ちに行くと決めたら容赦なく勝ちに行く。当然のことだろ。ま、お互いトランプには良《い》いようにやられたようだがな」

「確かに」

出張って来る必要のない交流会に顔を出し、そして自腹を切る手を使ってまで実現させた勝負。勝ち負け以前に、南雲《なぐも》にとって納得のできるものだったとは到底思えない。

「もし俺とおまえが最初からグループの成績で勝負していたらどうなってたと思う」

「結論を知った上で答えるなら、オレが指揮しても勝てなかったでしょうね」

素直に敗北を認める。

「そうか？　おまえなら色々裏で根回しして、もっと盤石に、手堅く進めることも出来たんじゃないのか？」

が、オレのそんな敗北発言をオレよりも信じていないのが目の前の男だった。

「何もせずに15勝してるんだから上出来なんだろうが、他を取りに行く道はあったんじゃないか？　それとも俺が相手じゃ真面目にやる気になれなかったか？」

「それは関係ありません。負けゲームに対し買収で勝ちを拾おうとしても、南雲先輩が本気になれば買収し返す、あるいは事前に封じにかかったはずです。3年生の全体を掌握しているんですから、その手のことはお手の物でしょうしね」

こちらが根回しすれば南雲も当然、それを察知して根回ししてくる。

資金力の勝負なら逆立ちしても勝てない部分だ。

「仮に3つ買収が上手《うま》くいっていても、17戦目のアーチェリーでは結局詰んでましたが」

「それも本気で言ってるようには聞こえないな」

「まあ――どうしても勝てと言われていたら、堀北《ほりきた》や洋介《ようすけ》辺りに手を回してこちらが勝てるように的を外させたかも知れませんが」

真面目な生徒たちだが、理由次第ではこちらの味方をしてくれる。

南雲が仮に契約で本気でやることを確約させていたとしても、必ず的を射れる保証がない以上はその点で裏切られても追い詰めることは出来ない。

「だろうな」

「でもそれを見越せる南雲先輩なら、メンバーを変えてきていたでしょうしね」

こちらの交渉が及ばない生徒を選定して来るのは当然の流れだ。

「ならその上でどうする――――いや、これ以上は意味の無い余計な話か」

虚《むな》しさを感じた南雲は、そう言って自らこの話を閉じた。

現実を見れば、これはたかが交流会。

学校側も認めた緊張感を必要としない体験学習に過ぎない。

大金を投じるようなものでも、根回しを繰り広げるものでもない。

この読み合いは所詮空想でしかなく、実現することのなかったものだ。

「オレは真剣に体験学習を楽しませてもらいました。まともな勝負が実現しないのなら、せめて有りのままを見せるのが礼儀かと」

南雲《なぐも》はずっとオレの実力を知りたがっていた。

だからどんな形であれ、オレの下手な工作などない素の部分を感じ取ることは出来たんじゃないだろうか。全部のゲームに、高橋《たかはし》など南雲グループの生徒が張り付いていたからな。

その様子も動画で撮影し確認しているはずだ。

「そうだな。特にアーチェリーは見応えがあった。手先が無駄に器用なことだけはよく分かったぜ」

「このやり方で、南雲先輩が納得できたかどうかは分かりませんが」

「納得か。出来るわけないだろ」

呆《あき》れて笑い、南雲は首を傾《かし》げた。

「しかしおまえも随分と喋《しゃべ》るようになったし、口が立つようになってきたな」

「良《い》い先輩に恵まれて勉強させてもらいましたから」

南雲は携帯を取り出し、指先で画面をフリックする。

「おまえの勝ちにケチを付ける気はないぜ。金は振り込んでおいた。確認しろ」

「その辺は信用してますので。それよりいいんですか？　3年生救済の資金源なのに」

「俺がどれだけAの座に長く君臨し続けてきたと思ってんだ？　俺個人の金だけでも数百万は余裕である。その一部から支払ってどこに問題がある」

携帯をしまいながらそう答えると、南雲は一度外を見た。

「ここに来てからおまえに話したこと、覚えてるか。大学進学に関して」

「もちろん」

「おまえを誘ったのは割とマジだぜ。大学じゃ高育みたいに派手な勝負なんてものは出来ないだろうが、逆に肩を並べて色々やれることも増える。そうだろ？」

「かも知れません」

「良かったら同じ大学に来いよ。つまらないおまえの性格をもう少しマシにしてやる」

「覚えておきます」

そう言い、南雲は擦れ違いざまに優しくオレの右肩を叩《たた》いた。

「じゃあな」

「卒業していく南雲先輩に、1つ伝言を頼んでもいいですか」

「あ？　伝言？　まさか堀北《ほりきた》先輩にか？」

「それも悪くないですが、違います」

足を止めた南雲《なぐも》に、オレはある人物に向けた伝言を残す。

それを聞き届けた南雲は、まだ完全には信じ切っていない様子だったが、茶化《ちゃか》すことなく最後まで耳を傾けた。

「不思議な伝言だな」

「伝えてもらえればと思います。その上で、どう決断するかは相手に任せます」

「確かに聞き届けたが、おまえなりの俺に対する餞別《せんべつ》か？　黙っておけば、どんな結果になったか分からないだろ。俺がこのままAクラスで卒業することを、快く思わない人間もいる」

「少なくともオレは先輩がAクラスで卒業するに足る功績と資格を残したと思います」

それが南雲に伝言を託した理由だ。

「俺は一足先に堀北《ほりきた》先輩のところで第二ラウンドを始めさせてもらう」

気が向いたらおまえも来い。

そんな先輩からのメッセージが込められている最後の一言だった。

○寝静まった夜

消灯時刻も過ぎた午後11時過ぎ。

相部屋の中ではまだ全員が起きているようで、小声で会話をしたり携帯を見て過ごす時間となっていた。合宿が始まった直後は慣れないメンバーにどこか居心地も悪かったものだが、今ではそんな空気もどこへ行ったのか気にならない。

橋本《はしもと》や小田《おだ》、後輩たちの会話に時折参加したり相槌《あいづち》なども打ちつつ、パッチワークの動画を視聴して過ごしていると携帯が一度震えた。

『まだ起きていますか？』

そんなひよりからのメッセージが画面上部に表示される。

『起きてる。男子はまだ全員起きてるから気にしなくていいぞ』

立て続けにメッセージを送りやすいように、そう伝える。

『ありがとうございます。実は先ほど山村《やまむら》さんがいないことに気付きまして』

山村がいない？　消灯時間が過ぎた後に部屋を出ることは原則として禁止されている。

『部屋の外ってことだよな？　携帯は？』

『部屋に置きっぱなしのようです。今探しに行くかどうか迷っていたんですが……綾小路《あやのこうじ》くんにお力をお借り出来ないかと思いまして』

恐らく、ひよりはこの手の行動はお世辞にも得意ではないだろう。まして気配を消して行動することが出来なければ見回っている教師にすぐに見つかるのがオチだ。

こちらに助けを求めてきたのは正解だと言える。

あと少しで合宿も終わりだが、山村に関しては放っておかない方が良さそうだ。

昨日のトランプの時にも、やけに暗い表情を見せていた。

その理由に思い当たるものもある。ここはすぐ探しに行った方がいいだろう。

『分かった。オレが様子を見てくるからひよりは部屋で待機していてくれ。山村が部屋に戻ってきたとき、それを確認する術《すべ》が必要だからな』

出歩かず部屋に残ってもらった方が役立つことを告げると、可愛《かわい》い動物のスタンプで『ありがとうございます』という返事が戻ってきた。

「少し出てくる」

「え？　おい、もう消灯過ぎてるんだぜ？　見つかると怒られるぞ」

「探し物だ。出来るだけ見つからずに帰ってくる。もしもの時は一緒に怒られてくれ」

そうこちらが答えると、橋本たちは強く引き留めることなく、むしろ楽しそうだと快く送り出してくれた。

廊下は当然だが、照明が落ちているため暗く静寂に包まれている。

さて……まずはどこを探すか。

あてもなく彷徨《さまよ》っても効率的とは言えないだろう。

基本規則を破るタイプではないと考えられる山村《やまむら》が、相部屋を抜け出した理由は2パターン考えられる。誰かに呼びだされたか、自発的に部屋を出たかだ。しかし今回のケースでは携帯を置きっぱなしにしていることから、前者の可能性はかなり低い。

自発的な抜け出しに限定して考えを進める。

次に考えるべきは何故《なぜ》この消灯時刻の後だったのか、後でなければならなかったかだ。

夜中は周囲の静寂さとは対照的に、頭の中では無数の雑念が押し寄せてくる。

それから逃げ出したくなることもあるだろう。

そしてその時、自分が心安らげる安住の場所を無意識に求めてもおかしくない。

山村美紀《みき》という生徒の思考が辿《たど》り着《つ》く結論。それを導き出すとするなら――――。

オレは音を立てずロビーにまで顔を出す。

直後すぐに人の気配を感じ、物陰へと身を潜めた。

どうやら見回りの教師が、丁度懐中電灯を持ってこの辺りを歩いているようだ。

視界は悪いがどこを照らしているかは明かりを見れば容易に分かる。

しっかりと周囲を照らし、相部屋を脱走した違反生徒を探しているような様子ではない。

あくまでも業務の一環として、とりあえず義務的にやっているような動きだ。

そのためやり過ごすのはとても簡単で、少し待っているだけですぐにロビーからは人の気配が消えた。どうやら食堂の方を見に行ったようだな。

ルートを考えると、その後は相部屋か体験教室のどちらかに行ったのだろう。しばらくの猶予。その隙にオレは迷わず自販機の設置されている場所へと向かった。

確率は高そうだと踏んでいたが、見事正解だったとすぐに答え合わせが出来る。

少女が1人座り込んでいるわけでもなく、自販機に背を預け俯《うつむ》いている。

廊下は肌寒いため暖を取っている——というのは流石《さすが》に深読みのし過ぎか。いつか気が付くかもと思ったが、一向にこっちの存在を感知することはなさそうだ。

何かを思い出して表情を変えたり、ため息をついたり、そんな様子もない。

ただただ床の方だけを一点に見つめ、微動だにしない。

「教師たちもこんなところに生徒がいるとは思いもしないんだろうな」

ずっと眺めているわけにも行かないため、オレは声をかけることに決めた。

「あ……えっ⁉」

びくっと驚いた山村がこちらに顔を向ける。

恐怖を含んだ目をしていたが、相手がオレだと分かるとその色はスッと消えた。

「ななな、なんで、ここに……？」

「見つかると怒られるからな。その前に連れ戻しに来た」

「見つからない自信は……あったんですが……綾小路《あやのこうじ》くんに見つかったのならその言い訳はできません、ね……」

確かに山村《やまむら》なら、教師の監視をかいくぐって相部屋にまで戻ってこられそうだな。

「……私がいないこと、どうして……気付いたんですか？」

「特別なネタはない。単にひよりがいないことに気付いて教えてくれた。心配してたぞ」

「すみません……ちょっと、どうしても1人になりたくて……」

「相部屋だと無理やりトイレに籠るくらいしないと1人にはなれないからな」

理解できることを示すとちょっとだけ頭を前に倒して頷《うなず》いた。

「もう少しここで、こうしていてはいけませんか……？」

「自販機の横じゃないとダメなんだな？」

「はい。自販機の音を聞いていると、いつも心の余計な声が掻《か》き消えてくれるから……」

この行動が、山村にとって自己を守るための常套手段《じょうとうしゅだん》になっているようだ。

「だったらここしかないか。それで？　余計な声とやらは消えてくれたのか？」

「ど、どうしてそんなこと……聞くんですか？」

「解消せずに連れ戻してもまた抜け出すかも知れないからな。それに——言っちゃ悪いが効果が表れているようには見えなかった」

「いつもなら、すぐに聞こえなくなって解決するんです……いつもなら……」

つまり、今は違うということだ。山村の沈んだ表情からも、深刻なことが窺《うかが》える。

「何か悩んでることがあるなら口にしてみるといい」

「……いえ。大丈夫、です」

「本当か？　もう5分くらい、ここで山村を見てたがそんな感じは一切しなかった」

「ご、5分も⁉　ですか……っ⁉」

「悪い5分は嘘《うそ》だ。30秒くらいだな」

適当な分数でも疑わなかった辺り、周囲の様子が目に入っていなかったのは事実だろう。

「他人に心の悩みを話すのは好きじゃないか？」

「好きとか嫌いとかではなく、そもそも……そういう経験がありませんから……」

多くを語り合わずとも山村の半生を想像するのは難しくない。

幼い頃から独りの時間が多く、口を開くより閉じている方が長かったんだろう。

環境や状況は大きく違えど、オレと近い境遇だったことは窺える。

「オレも基本的に喋《しゃべ》るのは得意じゃない。何か些細《ささい》なトラブルがあっても自分で抱え込むか解決しようと動くタイプだ。だから誰かに困りごとを相談する機会も少ない」

「綾小路くんも、ですか。でも私には……普通に思えます。友達も多いようですし。椎名《しいな》さんだってそうです。明るくて、可愛《かわい》くて……羨ましい……って」

今だけを見ていたらそんな風に感じても無理はないのだろうか。

だが誰しも、今とは違った未熟な一面を過去には持っていたりするものだ。

「一昨年《おととし》の比較的早い時期、オレがどんな感じだったか分かるか？」

まだその頃は坂柳《さかやなぎ》にも協力していなかっただろうし、知る由もないはずだ。

「……そう言えば……何も分からないです」

「だろ？　だから不特定多数の印象に残るような生徒じゃなかったことだけは確かだ。幸い賑《にぎ》やかしのクラスメイトに引っ張ってもらって、ある程度の関係は築かせてもらったが自分で用意したものじゃない」

「なのに、今はどうしてそんな風になれたんですか？」

「偉そうに語れるほど今も周囲との関係が良《い》いわけじゃない。ただ少なくともこの2年の間に、少しずつ距離を詰めようとする努力を始めたことが影響しているのはあるだろうな。言いたいことを言えるようになってきたのはその頃からだ」

山村《やまむら》にとって、まだそれを理解することは出来ない。

「私は――多分怖いんです。自分の考えを口にすることが。そして口にしてしまったことが意図せず広まることが。それを知られるのが怖くて……」

これまでの山村のスタイルは逆だっただろうからな。

他人の考えを陰で拾い第三者に伝えること。

知る側が知られる側になることに、強い抵抗を覚えるのも無理はない。

「無理強いはしない。自分で判断すればいい」
意識させすぎない程度に距離を空けて、オレはゆっくりと自販機の前面に腰を下ろす。
背中越しに感じる自動販売機の微振動と聞こえてくるファンの音。
孤独に恐怖するのは山村だけじゃない。
洋介《ようすけ》でも恵《けい》でも、龍園《りゅうえん》でも坂柳でも、それ以外の生徒でも人間の本質は同じもの。
孤独に耐えられず1人では生きていけない。
だからこそ無償で寄り添ってくれる存在は大切なんだ。
オレ自身には当てはまらないとは感じながらも、それが1つの答えだと理解している。
内包する矛盾。
いや、今はその事実などどうでもいいことか。
目の前の山村は愚かではない。
孤独を求めているわけでも、孤独が正しいと思っているわけでもない。
正しく救いの手を差し伸べる者さえ傍《そば》にいるなら、間違えることもない。
「――聞いて、もらえますか？」
敵意がないことを感じ取った山村は、そう言い自らの溜《た》め込《こ》んでいた部分を口にする。
「前の特別試験が終わった時から、私の中に1つの疑問が浮かんでいるんです……」
それは、生存と脱落の特別試験においてAクラスで起こった出来事の詳細だった。

敗北が決まり退学者を選定しなければならなくなった状況で、坂柳《さかやなぎ》はくじ引きを選択した。どんな方法で決めようとも賛否両論が生まれることは避けられない。

全員の能力が同じではない以上、名指しでもじゃんけんでも必ず不満に思う者は出る。

坂柳にしてみれば自分以外の生徒は横並びにしか見えていないのだから、くじ引きは彼女にとって最も平等に近い決断ではあったのだろう。

しかし、今はもうそれが悪手だったことを当人も気が付いている。

周囲に嫌悪されても、自分にとって都合の良《い》い人材を残すべきだった。

もし神室《かむろ》が残っていれば、坂柳の弱点が露呈することはなかっただろう。

だが傷を負ったのは坂柳だけじゃなかった。

この山村《やまむら》は、くじ引きの最後の二択、生と死を分ける天秤《てんびん》の片側に立っていた。

「私がくじを引くことを躊躇《ちゅうちょ》した時、坂柳さんはくじ引きを止《や》めると言いました。くじを引く勇気がなければ、それは棄権と同じだ……と」

長い時間引くことを拒否すれば、確かにその選択をされても無理はない。

しかし長考と呼ぶにはあまりに早い判断だったと山村は感じている。

「坂柳が神室を大切に思い、おまえを切り捨てようとした？」

山村は、静かに頷《うなず》く。単なる予想ではなく、山村の確信。

「あの瞬間の坂柳さんからは、私に退学してほしい、そう強く感じました」

そしてこう続ける。

「仕方ないとは分かっています。少なくとも、私と神室さんとを比較すればその価値は歴然でしたから。私だけを特別に扱って欲しいなんて願ってませんでした。友達だと思っていて欲しかったと、欲張る気もありませんでした。でも……私の存在は一瞬で切り捨ててしまえる程のものだったんだと、それがショックだったんです……。価値のある人間だと言って私を使ってくれたのに……と」

ずっと1人だった山村を、坂柳は見出《みいだ》し能力を高く買った。ところが、神室と天秤にかけた時、2人の差は勝負にもならないほどの大差だったと知ったわけだ。

最終的に神室が選ばれることは覚悟していたが、躊躇はしてもらえると思った。

自分を卑下している山村の小さな願望は無慈悲にも叶《かな》えられなかった。

「坂柳にとって、神室と山村との差は確かにあったのかも知れない。でも山村のことをどうでもいいと思っているかどうか、それは別問題じゃないのか?」

「……そう信じたいです。でも……」

あの日以来坂柳からはコンタクトもないのだろう。

だからずっと、1人で自問自答を続けていたに違いない。

「この合宿中もずっと、坂柳さんに接触しようと思っていました。でも、やっぱり勇気が出なくて、声をかけられなくて……」

何度か姿を見つけたものの、結局声はかけられないままだったらしい。

普段声をかけてもらうのを待っている山村《やまむら》には相当高いハードルだろう。

「彼女の周りには、思っているよりずっと沢山の人が張り付いていました。その中で時任《ときとう》くんがトラブルに巻き込まれたり……大変そうでした」

山村が教えてくれる。覇気のない坂柳《さかやなぎ》に、時任が手を差し伸べようとしたこと。

しかしそれを見られていたことから体験教室に呼び出され問い詰められていたこと。

「結果的に時任くんは……龍園《りゅうえん》くんたちに力ずくで押さえられ脅されていました」

学年末試験に向けて緊迫している龍園サイドとしては適切な判断だろう。

今後戦う相手が思いの外弱っているなら、手を差し伸べず放置するか、もっと弱らせておくべきだ。少々過激すぎるところは無視できないが。

それだけ強いアンテナを立て、次の学年末試験に万全の態勢で臨むつもりらしい。

学年末試験で坂柳との勝負が確定している龍園にしてみれば、刺激を与えて再起をさせたくないと考えるのは当然の流れ。

思わぬ敗北に足を掬《すく》われた状況を、利用しようと躍起になっている。

言い換えれば、それだけ坂柳に弱点がなく油断ならない相手だと認めている証拠だ。

流れの中で時任への粛清はすぐに終わるものと思われたが、そこに時任と同じグループの宝泉《ほうせん》と宇都宮《うとみや》が参戦し、乱闘騒ぎになる危険性もあったと語る。結果的に騒ぎを聞きつ

けた牛徒たちが一気に増え始めたことで解散となり事なきを得たらしい。

「それにしても感心だな。一部始終を見てて誰にも気付かれなかったのか」

「それしか、出来ることはありませんから……」

影の薄さを使って情報を集める役目としては、山村《やまむら》はまさに適任といえる。

早々にその能力を見出《みいだ》し利用した坂柳《さかやなぎ》の手腕は改めて見事だったな。

今回、山村がその現場を目撃できたのは、彼女自身が坂柳を気にかけていたからだ。

確かに坂柳は今、下り坂の最中にいる。

「おまえはどうしたい」

「え……？」

「同じクラスメイトとして、そして坂柳に切り捨てられそうになって、その上でどうして欲しいと思ってるんだ？」

「私、は……」

「おまえの気持ちを聞かせてもらいたい」

「2つ……贅沢《ぜいたく》ですけど、2つ願いがあります。1つは……あの時私のことをどう思っていたのか、そして今どう思っているのか、それが知りたいです」

「もう1つは？」

「……やっぱり……坂柳さんに負けは、似合わない、と思います……。このまま学年末試験に進んで苦戦する姿を、見たくはない……と。勝ってほしいと、願ってしまいます」

Aクラスに在籍しているから勝ってほしい、という個人的な打算は一切なく、ただ純粋に1人の生徒を心配する山村の姿がそこにはあった。

「そうか——そうだな」

あと一押し坂柳にはフォローが必要かも知れない。それも早急に。

「伝えてみてもいいんじゃないか。誰にもおまえの行動を非難する権利なんてない」

「もし……もしも……私の話を聞く気にもなってもらえなかったら……？」

「その時は、そうだな。どこかの自販機の間にでも挟まって相談に乗ろうか」

そう伝えると山村はちょっと恥ずかしそうに自販機を見つめ、頷《うなず》いた。

1

合宿4日目に入った深夜午前1時前。

消灯時刻をとっくに過ぎた中、南雲《なぐも》は1人静かに廊下を歩いていた。

見つかれば多少の注意は受けることが分かっているが、明確なペナルティは無い。

もちろん見つかった後も部屋に戻らないなどの抵抗をすればその限りではないが。

リスクを考え、既に前日までの間に他の生徒を使って実証済み。

何より教員たちの見回りも、日付が変わったタイミングで終了することも調べていた。

そのため見つかる心配を南雲《なぐも》はほとんどしていない。

ロビーの明かりは最小限に留《とど》められており、並んだ自販機のコンプレッサーの音だけが嫌に耳に届く、そんな時間。

ロビーを通り過ぎ、そして誰もいるはずのない食堂のエリアへと足を進める。

人の気配は一切感じられないが、直感は働いている。

目の前にいる、と。

「約束通り来てくれたんですね」

暗闇に覆われた食堂の奥から、そんな可愛《かわい》らしい声が届く。

「これまで一度も、女の呼び出しを拒否したことはない」

暗闇に声をかける。

「やーん、キザなセリフ。正直言って、あたしの大っ嫌いなタイプです」

「安心しろ。俺もおまえみたいな女は好みじゃない」

鼻で笑った南雲が、両ポケットに手を入れたまま食堂に足を踏み入れた。

「じゃあ脅す必要はなかったってことですね。余計な一手だったかも」

そうして目が慣れてくると同時に、暗闇の中から姿を見せる女子生徒。

「天沢《あまさわ》、そんなに俺と2人きりになりたかったのか？」

「元生徒会長と2人きりになれる機会なんて、そうはないじゃないですか」

「一応確認したいんだが、もし俺が来なかったらどうしてた」

「モチのロン、南雲先輩の大切な朝比奈《あさひな》先輩をボッコボコのギッタギタにしましたよ」

笑いながら答える天沢の表情を見て、多くの者は冗談だと笑い返すだろう。

そして南雲も同じように口角を上げた。しかし南雲の目は笑っておらず、目の前の1年生が本気で実行したであろうことを確信している。

「綾小路《あやのこうじ》とのアーチェリーで実力を見せたのも、脅しの材料として効力を持たせるためだな？」

「ええまあ。やれば出来る子なんだよって見せておかないと、分かんない人は女の脅しなんてって軽く無視出来ちゃいますからね」

「オーケー、じゃあ本題に入ろうか。それで？　脅してまで呼び出す理由はなんだ？」

「どうしても南雲先輩じゃないと解決できない問題でしてぇ。そのお話です」

「交流会の最中に幾らでも話すチャンスはあっただろ」

答えつつ、南雲は心の中で気を引き締め直した。

目の前にいるのに存在が希薄で、ただの女子ではないことを感じ取ったからだ。

綾小路にも似た、奇妙な雰囲気を持つ生徒。

そしてアーチェリーで垣間見《かいまみ》た、普通ではない能力の持ち主。

それだけで警戒するには十分過ぎるほどだった。

「突然ですけど、今から南雲《なぐも》先輩を容赦なく大怪我《けが》させちゃおうかなって思ってます」

「大怪我？　確かに突然だな」

全く想定できない話を振り動揺を楽しもうとした天沢《あまさわ》だったが、南雲は本気にしていないのか呆《あき》れつつも笑った。

「現実味無さ過ぎました？　それとも女になんて負けると思えないですか？」

「さあどうだろうな。両方と言えば両方かもな」

「逃げます？」

この状況で、万が一にも南雲を逃がさないため天沢は言葉で背後に回り込む。

格好つけの元生徒会長が脱兎《だっと》の如《ごと》く逃げ出さないための措置。

しかし南雲はそんな心配を感じさせない、堂々とした立ち振る舞いだった。

「一応理由を聞いてもいいのか？」

「理由ですか？　ん、そうですね。あたしの単なる八つ当たりとだけ教えてあげます」

「八つ当たりか」

「はい、八つ当たりです。さて、下手に時間をかけるとセンセーたちに見つかっちゃいますし、女の子にやられたって事実が恥ずかしくないなら後で好きに学校に報告してくれていいですから始めていいですか？」

「念のために確認させてくれ。本気で俺に勝てると思ってるのか？」

「あはは、そういうセリフをちょっと待ってました。だったらやってみましょうよ」

「言うのは簡単だが俺には何のメリットもない。八つ当たりしてきた女を返り討ちにしたとあっちゃ、問題も問題だ」

「どうせ抵抗なんて意味ないですし、無抵抗にやられてくれてもいいですよ。そうすればプライドは失いますが学校からのペナルティは受けないで済みますしオススメです」

「退学は怖くないのか？」

「もちろん。退学になったらなったで、失うものもないですからね」

「だったら説得は不可能か」

「ですね。あたしには『価値』なんて全くないですから。つまり無敵の人って奴《やつ》です」

南雲はポケットからゆっくりと両手を引き抜く。

もし携帯を握りしめていれば、天沢は即座に飛びかかり救援要請を阻止した。

「携帯なら持ってきてないぜ」

「へえ……」

ちょっとだけ感心した天沢がゆっくりと自らの唇を舐《な》める。

「録音でも警戒したか？　遠慮なく答えろよ、その八つ当たりとやらの理由を」

「綾小路《あやのこうじ》先輩と組んで八神拓也《やがみたくや》を退学させたでしょ？　仕返しですよ」

色々と考えを巡らせてはいた南雲《なぐも》だったが、全くの予想外に驚きを隠せない。

「八神《やがみ》？　まさか、おまえ八神の彼女だったのか？」

「とは違いますけど、そんな関係を越えた姉弟《きょうだい》みたいなものだったから」

「だったら狙う相手が違うんじゃないのか？　アレを主導したのは俺じゃないぜ」

「分かってますよそんなこと。言ったじゃないですか、これは単なる八つ当たりだって。残念ながらあたしが逆立ちしても綾小路《あやのこうじ》先輩には勝てないし、軽井沢《かるいざわ》先輩をボコボコにしたり退学させるって手も考えてみたけど、それもちょっと怖いかなって」

「怖い？　綾小路から仕返しされると？　あいつは軽井沢がどうなろうと、気にしないタイプだと思うがな」

「綾小路先輩には綾小路先輩の目的がありますからね。その邪魔はしたくないんです」

軽井沢を退学させることで、綾小路の計画に支障を来す。

境遇を知る者としてそれは出来ないと天沢《あまさわ》は考えていた。

「南雲先輩のような人は、最後に没落しちゃうのが物語のオチとしてお似合いです」

「俺にはお似合い、か」

もし普段、そんな言葉をかけられれば南雲は不服、怒りを感じただろう。

だが今はそんな感情よりも先に虚《むな》しさの方が込み上げてくる。

これ以上時間をかけるのは無駄だと思い、前に踏み出した天沢。

「去年と一昨年《おととし》、この学校でいつも騒がれてたのは堀北学《ほりきたまなぶ》だった」

しかし突拍子もない話が始まり、足を止める。

「今年は綾小路だ。きっと俺がいなくなった来年も同じなんだろうな。俺は確かにこの学校に3年間在籍した。生徒会長も務めた。同じ学年じゃ注目を浴びても、上や下じゃ全くと言っていいほど響きゃしない。これほど虚しいことはないぜ」

だからムキになって、必死になって勝負を挑もうとし続けた。

「俺は卒業間近になってやっと気付いたのさ。悪いのは堀北先輩でも綾小路でもない。その領域に達することの出来なかった自分自身なんだってな」

だからこそ、没落するのがお似合いだと言われて怒ることが出来なかった。

もしも南雲により強い力があったなら。

堀北、南雲、綾小路の名前は3つが対等であったはず。

勝負などで白黒を求める必要などなく、並び称されていたのだと気付いた。

「が———それも本質は違う。俺はその状況にもきっと満足はしなかったはずだ」

やはり3人が並んでいたならその中でも優劣をつけ、1番になりたいと考える。

「だから俺は勝負をやめたりはしない。来年はまた堀北先輩とやる。そしていずれは綾小路とも本当の勝負をして決着をつける」

何の関係もない相手、天沢だからこそ素直になれた部分。

口にこそしないが、南雲《なぐも》はこの状況に感謝をしていた。

「おまえが実行に移す前に、俺からおまえに贈り物がある」

全てを曝《さら》け出した南雲に、天沢《あまさわ》も今までになかった興味を引かれた。

だから動きを止め最後まで聞いてしまった。

「贈り物？　あたし、興味ない男からのプレゼントは開けずに捨てちゃうタイプですよ」

「なるほど。なら開けずに捨てて終わりかもな。所詮、綾小路《あやのこうじ》からの伝言だしな」

「……綾小路先輩……？」

その名前を聞けば嫌でも身体《からだ》が硬直する。

「助かるための嘘《うそ》なら、余計に傷口を広げることになりますよ」

「俺からの言葉を信じるか信じないかは好きにしろ。綾小路からの伝言は一言『おまえにはまだ価値がある。それを無駄に捨てるな』だとさ」

交流会で天沢が南雲に近づいたのは、全て今この時の八つ当たりのため。

綾小路は初日の段階で天沢の不審な点に気が付いていた。

月城《つきしろ》から事前に全ての情報を得ていたのに、交流会のルールを知らないかのように装っていたこと。南雲に近づいた本当の理由を悟られないためについた嘘による矛盾の発生。

そんな伝言を聞いた瞬間、天沢は完全に戦意を喪失する。

「これは単なる偶然か？　おまえが自暴自棄に自分のことを『無価値』だと言い放つこと

まで、まるで予見してたような伝言だな」
天沢が南雲を狙っていること、失うものがないと凶悪な行動に出ること。
別れ際に聞かされていたことが実際に、南雲の目の前で起こった。
気に入らない野郎だ。南雲は心の中で悪態をつく。
されど、南雲はどこか満足した気持ちも僅かにだが芽生えていた。
今、綾小路と本気でやり合うのは勿体《もったい》ない。
「もう眠いから俺は先に戻るぜ。おまえも風邪を引く前に部屋に戻れよ」
南雲は立ち尽くす天沢にそう一声かけ、食堂を後にした。

○踏み出す勇気

合宿4日目となる日曜日。馴染《なじ》んできた合宿先とも今日でお別れだ。10時には宿泊所を出る。

例の天沢《あまさわ》の勝負は朝食前の7時にセッティングされている。

6時前、起床を済ませたオレはまだ薄暗いロビーに来た。

堀北《ほりきた》と伊吹《いぶき》が相部屋から姿を見せるまで少し余裕があったことと、時間を潰すため携帯を見ることで就寝中の生徒を起こしてしまうリスクを考えたからだ。

まだ暖房が入れられて間もないのか、ロビーはひんやりとしていて寒い。

「どうやら事なきを得たようだな」

静寂に包まれた廊下で、オレは1人携帯の画面を見てそう呟《つぶや》く。真夜中に届いていた南雲《なぐも》からのメッセージには『礼は言わないぜ』という一言だけが残されていた。

もし天沢が凶行に及んでいれば、この後の合宿は大変な騒ぎになっていただろう。

それからしばらく、陽《ひ》が昇って来るのをガラス越しに見つめ見守っていると、人の歩く足音が聞こえてきた。

「やっぱり朝は随分と早いんだ」

眠そうにしながらもそう声をかけ近づいてくるのは同じグループの椿《つばき》。

単なる偶然だとすれば中々の高確率だが――。

「ここ2日ほど、綾小路《あやのこうじ》先輩の朝が早いことは橋本《はしもと》先輩に聞いてたから」

特に朝の外出は隠すことでもないので、聞かれていたところで影響は最小限だ。

椿が特訓に気付いたとして、そこから天沢にまで情報が流れる確率はそんなに高くない。

「じゃあオレを探しに？」

「探しに、って程でもないけど。まあ、いるかどうか確かめようと思っただけかな」

誰相手にもそれほど態度の変わらない椿ではあるが、オレを見る目は少し引っかかる。

「でもいたんだったら話は少し変わってくる」

「オレに会いに来る理由はもう無いと思ってるんだがな」

「例の1年生だけに与えられた特別試験は、取り消しになったからね」

オレを退学させた生徒には2000万プライベートポイントが与えられる。

あれは月城《つきしろ》が噛《か》んでいたこともあり、ごく一部しか知らない幻の特別試験となっている。

「別に最初から賞金なんて興味なかったし。でも残念には思ってるよ。堂々と綾小路先輩を退学にする権利がなくなったことは嘆いてるから」

「物騒な話だな。悪いが椿に恨まれることをした覚えは一度もない」

改めて学校生活での接点を振り返ってみるが、もちろん引っかかるものはない。

「自分では気付かないことの方が多いんじゃない？　人は、知らず知らずのうちに恨みを買ってるものだと思わない？」

椿《つばき》の言いたいことは分からなくもない。恨まれることを分かっていて恨まれる人間と、恨まれるとは思っていないのに恨まれる人間の両方が存在するのは確かだ。

「冗談か本気か分からないな」

「ここだと誰か来るかも知れないんで、ちょっと散歩しません？」

「まだ外は暗いぞ」

薄《うっす》らとは明るくなってきているが、それでも視界は悪いし相当寒い。

「そっちに不都合がなければ」

「まあいいか」

どうせ、オレは堀北《ほりきた》と伊吹《いぶき》の最後の特訓に付き合うために外に出る予定だったしな。

それから2人でロビーを出て、寒い外へと歩き出す。

「栃木《とちぎ》の山奥なら雪も結構降ってるかと思ったけど、意外とそうでもないんだね」

「2月は寒暖の差が激しいからな。ここ数日暖かい日が続いてることもあるんじゃないか」

実際、完全に雪がないかと言えばそんなことはなく、脇道には僅かだが雪が溶け残っているところもある。ここの職員の物と思われる車などについた水滴も薄く凍って膜を張っているくらいだ。

「先輩は雪って、好き？」

「特に好き嫌いはない。降れば降ったで景観としては楽しめると思ってるくらいだな。そういう椿は雪が好きなのか？」

「――好きかな。少なくとも先輩よりは」

道端にしゃがみ込んで、残った雪を指先で少しだけ摘《つ》まんで、立ち上がる。

そして手のひらに雪を載せてオレの目の前で広げて見せた。

「見てもらえます？」

そう言われたので、オレはジッと手のひらの雪を見つめる。

少量であるため、手のひらの体温ですぐに溶けてなくなってしまう。

「この学校にいると外の世界とは断絶されるよね。来年先輩が無事に卒業したら、真っ先に誰に会いたいと思ってる？」

「変な質問をしてくるんだな」

「かもね」

オレにとって、外の世界で顔見知り以上の相手は父親とその周辺の関係者だけ。

その誰にも会いたいと思う一方的な感情など持ち合わせてはいない。

「家族くらいだろうな」

だからここは誰に伝えても驚かれることの少ない無難な回答を選んでおいた。

「家族……他には？」

「特には。仲の良《い》い友人もいないし、それくらいだろうな」

「そう。……じゃあ、もう1個変な質問させて欲しいんだけど」

繰り返し、意味があるようなないような質問を続けてくる椿《つばき》。

「もし綾小路《あやのこうじ》先輩に兄がいたとして、その存在を何年も親に隠されていて知らなかった。でも突然ある日、本物の家族だと言われて、それで家族として好きになれる？　もちろん正真正銘血の繋《つな》がりはあるとしてね」

「難しい問題だな」

知り得る限りオレには兄弟はいない。

だが、これは隠されていたという設定なので実際には可能性としてはあるわけだ。

もしあの男にオレ以外の息子がいたとして……対面してどう思うだろうか。

初めての思考に興味は湧いたが、だからと言って突拍子もない感情も出てこない。

「何も思わないかもな。もちろん相手の性格や状況に大きく左右されるとは思うが」

完全に別々に育ってきたのなら、いきなり家族として受け入れ接する方が困難だろう。

「そうだね。私も、多分綾小路先輩に近い感情を抱くと思う。だけど、相手に特別な事情があって悲しい過去があったと知ったら、それを知って寄り添いたいと思う感情が出てくる。離れ離れだった姉のことを、もっと知りたいと考える」

オレへの質問では兄と言っていたが、椿は姉と例えた。同姓になぞらえてのことだと見るのが普通だが、感情の籠り方が強く自身の体験に基づいた話のようにも聞こえる。

「私は迷ってる。綾小路先輩にこの学校から――」

そう言いかけたところで、椿の視線は後方の建物へと向けられた。

約束の時間が近づいて堀北《ほりきた》と伊吹《いぶき》が姿を見せたからだ。

そして何故《なぜ》かそこには櫛田《くしだ》の姿もある。

「邪魔が入ったね。……また今度」

椿は他の生徒に話を聞かせるつもりはないのか、寒そうにしながら建物に戻っていく。

擦れ違いざま堀北たちに軽く会釈はしたが、口を開くことはなかった。

「今のは椿さんよね？　こんな時間に何を話していたの？」

「たまたま早起きしたそうだ。今日で合宿も終わりだし、何となく雑談をな。それよりもどうしてここに櫛田がいるんだ？」

「ここにいる伊吹さんが迂闊《うかつ》にも天沢《あまさわ》さんとのリベンジ戦を漏らしたのよ。迂闊にも」

迂闊を強調して2回口にし、如何《いか》に愚かであるかを語る。

「私は悪くない！　上手《うま》く口車に乗せてきた櫛田のせいだ！」

「そういうのを開き直りというのよ」

「うるさい！　別にいいでしょギャラリーが1人や2人増えたって」

「そういうことなんだ。天沢《あまさわ》さんと喧嘩《けんか》するって聞いたから興味が湧いちゃって」

「2人が認めたんならオレからとやかく言うことじゃないが、どっちの応援だ？」

個人的興味はそこにある。

「私としてはどっちに負けてもらっても美味《おい》しいって感じかな」

文化祭の時には天沢とも揉《も》めている様子だったからな。

つまりどちらに勝敗が転んでも、櫛田《くしだ》としては満足できる観戦になるわけだ。

櫛田はもう見えなくなった椿の方を振り返る。

「さっきの椿《つばき》さんだけど、もしかして恋愛絡み？　前から思ってたけど、綾小路《あやのこうじ》くんって意外にモテるよね」

「そうなのか？」

椿の目的は全然違うとは思うが、櫛田はそんな風に勘繰ったようだ。

それに同調するように堀北《ほりきた》も口を開く。

「でも自覚くらいあるんでしょう？　軽井沢《かるいざわ》さんとも付き合っているのだし」

「なら逆に聞くがおまえはモテる自信があるのか？」

「どうして私が？　私はモテないわよ」

「少なくとも須藤《すどう》には好意を寄せられていただろ」

「そうなの？　堀北が？　あはは、あのバカとならお似合いじゃない」

「須藤くんをバカにするのは止《や》めなさい。今の彼はあなたの数倍は賢くなっているわ」

「でも私の蹴りで倒せる！」

比べる基準が喧嘩になるのはよく分からないが、本気でやれば多分須藤の方が強いぞ。

「まあでも――」

伊吹《いぶき》はジッとオレを上から下まで見た後、力強く吐き捨てた。

「コイツがモテる理由、私にはさっっっっっっっっっっっっっっっっっっっっっっっっっぱり分からないけどね」

そんなに小さい『っ』を言葉にして溜《た》めた奴《やつ》は初めて見た。

「あんたもそうでしょ櫛田」

「え？」

「え？　じゃない。だから、綾小路の良さなんて分かんないでしょ？　って聞いてんの」

「……まあ。良さが無いわけじゃないんじゃない？　だって周りを見たら、ろくな男がいないって分かるでしょ？　そういう有象無象と比べたらマシには見えるかなって」

褒められているような、いや多分褒められてはいないな。

「私にしてみれば一緒だけど……！」

「じゃあ龍園《りゅうえん》くんと綾小路くん、伊吹さんが付き合うなら？」

そんな櫛田からの疑問に伊吹はしばらくの間沈黙。そして怪訝《けげん》な表情を浮かべ続けた。

やがてその沈黙を破り結論に達する。

「カレー味のウ○コとウ○コ味のカレーくらいどっちも選べないんだけど」

堀北《ほりきた》と櫛田《くしだ》がサーっと伊吹《いぶき》から距離を取って巻き込まれないように避難していった。

誰だってこんな話題を大きな声で聞かされたくはない。

オレが逃げれば追いかけてきそうなので、ここは人柱になるしかないか。

「どんな比較なんだそれは」

とりあえず突っ込みを入れておくことに。

「どんなも何も、そのまんまでしょうが」

ある程度どんな例えをされても構わないが、その比較はちょっと傷つく。

そしてオレはどっちに該当しているのだろうかと考えたり考えなかったり。

いや、どっちでも嫌は嫌なんだが。

だが——とここはあえて考えを巡らせる。

オレがもしどちらかを食さなければならないとしたら、選ぶのは後者だろう。

幾ら味が補正されていたとしても大腸菌を大量に摂取するのは極めて危険だ。一方で後者なら味覚や嗅覚には多大なダメージを与えるものの、原材料はあくまでもカレー。つまり人体にとっての悪影響は大いに限定されるはず。

しかし嗅覚から脳が危険だと判断した場合は想定外の健康被害を被る可能性も……。

「何よ綾小路《あやのこうじ》、ボケッとして」

「何でもない……」

深く考えすぎてちょっと気分が優れなくなったので忘れることにしよう。

1

今日はこの後すぐにリベンジ戦があるので特訓もウォームアップ程度で済ませる。

「出来ることはやった。後は実戦でどこまで通用するかだな」

そのため時間を要さず、2人の呼吸が落ち着いたところで声をかける。

「ええ、ありがとう。あなたのお陰で可能性が高まったはずよ」

丁寧に頭を下げた堀北は、伊吹にもお礼を言うようにと促した。

それに従う気はないのか、そっぽを向いてフンと鼻を鳴らす伊吹。

「私はお礼は言わない。いつか蹴りを食らわせることが私なりのお礼だと思ってるから」

そんなお礼なら、今後も貰《もら》いたくないものだ。

「全く……」

「じゃあ、オレは先に戻るから後は頑張ってくれ」

「え？　綾小路くんは観戦していかないの？　てっきり一緒に見ると思ってたのに」

離れたところで見ていた櫛田《くしだ》は、ずっと一緒にいると思っていたようだ。

「オレがこの件に噛《か》んでることがバレたら、堀北《ほりきた》と伊吹《いぶき》には損しかないからな」

下手に天沢《あまさわ》に警戒心を持たせると通じる奇襲も通じなくなる。

勝率を1％でも上げるためには立ち会わない方がいい。

「そっか。じゃあ私がしっかり見ておくね。携帯も持ってきたし」

無様なシーンがあればシャッターチャンスくらいに思っているんだろう。

櫛田が見届け人になることを宣言したので、その役目は任せることにした。

それにオレには今日、朝のうちにやっておくべきことがもう1つある。

7時ちょっと前、当然ながらこの時間に公園を利用する生徒はまずいない。

だからこそここに呼び出した生徒がベンチに腰掛けオレの到着を待っていた。

「寒いだろ。約束の時間より早く来る必要はなかったんだがな」

「お気になさらず。綾小路《あやのこうじ》くんから私を呼び出してくれる機会など、そう多くはありませんからね。待っている間も楽しかったですよ」

「隣に座っても？」

「そのために空けております」

微笑《ほほえ》む坂柳《さかやなぎ》はいつもと変わらない様子で迎え入れてくれた。

「早速だが本題に入らせてもらう。ドッグランのエリアに山村《やまむら》を待たせてある」

「え？　ドッグラン？　山村さん？　どういうことです？」

「山村の名前が出てくるなんて想像もつかなかったか？　何か問題行動でも起こしましたか？」

「交流会では彼女と同じグループですよね？　何か問題行動でも起こしましたか？」

素知らぬふりをして、坂柳は理由を適当に考え口にする。

「ちゃんと知ってたんだな。山村とオレが同じグループだと」

「それは心外ですね。当然クラスの生徒がどのグループに配属されているかはバスに乗っている時に把握を済ませてありました。今回、私は傍観に徹したので交流会にはノータッチでしたが」

もちろん、坂柳がクラスメイト全員のグループ配属先を把握している、それくらいのことは分かっていたことだ。

なので、この後の言葉を伝えれば坂柳は一切の言い逃れが出来なくなる。

「合宿の2日目、ロビーで話したときに自分で言ったセリフを覚えてるか。『橋本《はしもと》くんと森下《もりした》さんが同じグループとか。橋本くんはどんな様子です？』。そう言ったんだ。おまえが自負しているようにAクラスの生徒の配属先を見逃すことは絶対にない。なのに山村の名前すら出さなかったよな？」

「それは――」

坂柳が無意識のうちに山村の話題を避けていたことを証明している。

どんな言い訳をしても『避けていた』という結論は捻《ね》じ曲《ま》げられない。

「……そう、ですね。あの時の私が山村《やまむら》さんの名前を出さなかったことは認めます。ですが綾小路《あやのこうじ》くんには関係のないことでは？」

「確かに関係はない。今オレがやろうとしていることは余計なお世話という奴《やつ》だろう」

しかしオレは続ける。坂柳《さかやなぎ》は全てを分かっているので遠まわしのフォローはしない。

「おまえは神室《かむろ》を失った。そして同時に想《おも》いも託された。だが、それで全ての時間が元通りに進みだしたわけじゃない。傍《そば》に置く人間の選定すら終わっていないんじゃないか？」

隣に座る坂柳の唇から、白い吐息が漏れる。

「確かにまだ決まってはいませんが、まさかその役目を山村さんにしろとでも？」

「そんなつもりはない。人には向き不向きがあるからな」

堂々と坂柳をフォローする山村の姿は、簡単には思い描けない。

「生存と脱落の特別試験。まだあの場所に囚《とら》われたままの生徒もいる」

「……それが私であり山村さんだと？」

「そうだ。山村はおまえと立場は大きく違えど、立ち止まって苦しみ続けている」

生存と脱落の特別試験を終わらせられていない２人。

坂柳をＡクラスの光とするなら山村は影。

切り離すことの出来ない不可分の関係性にあると言っていいだろう。

「おまえの中でも、そのことが引っかかり続けているのなら解消しておくべきだ」

「……おかしなことを仰《おつしや》るんですね綾小路くん」

「おかしなこと？」

「あなたはこの先はもう傍観に入るものだとばかり思っていました。余計な施しが過ぎるのでは？」

「そうだな。オレもここからは傍観に徹するべきだと少し前まで考えていた」

坂柳にはこれ以上の介助は不要。

1人の力で立ち上がるのを待てばいいと。

しかし状況は、橋本《はしもと》が裏切りを決める特別試験の前から大きく変わり始めていた。

だからこそ今は、自分に必要だと思うことをしている。

「別におまえが山村とどうこうなって欲しい、そんな希望は全くない。距離を縮めようと広げようと、あるいは決別しようと自由だ。ただ話し合いをするなら今しかない」

双方にとって、この問題を先延ばしにして得はないからだ。

「この合宿に全部置いて帰るのが、一番賢い選択なんじゃないのか？」

「……しかし……」

じれったい坂柳の抵抗。

全くもってオレに言えたことじゃないが、友人関係は負けず劣らず下手だな。

経験がないから、どうしていいか分からないのだ。

「さっきも言ったが、山村《やまむら》をドッグランに待たせてる。かれこれ20分以上は寒空の下でおまえを待ってることになるな」

「だとしたら、私たち意地悪ですね綾小路《あやのこうじ》くん。私と会う約束の時間は7時。まだ話を始めて10分と経《た》っていません。その前から彼女を待たせていることになりませんか？」

山村にしてみれば、無駄に早くから待たされて辛《つら》い思いをしている。

坂柳《さかやなぎ》にしてみれば、山村を待たせている罪悪感に襲われることになる。

「これもオレの戦略だ」

この手のことにはすぐ気付く辺り、やはり坂柳だ。

「仕方ありませんね。私のせいで風邪を引かせるわけにもいきませんし。ひとまず迎えに行くことにしましょうか」

真っすぐに自分の弱さを認められない坂柳が、適当な理由をつけて立ち上がった。

ここはそれでいい。

山村と1対1で話せば本音で語り合えるだろう。

「ちょっと距離はあるが、坂柳でも歩いて5分くらいだ。向かってやってくれ」

オレも立ち上がりつつそう伝える。

ところが——坂柳が一歩を踏み出さない。

「どうした？」

問いかけに言葉が戻ってこず、少しの間沈黙が続く。

その間も坂柳は歩き出そうとはするものの、一向に前に進まない。

「……その……足が……」

足が？　もしかして痛むのか？　一瞬そう思ったが……。

「足が……動かないんです……どうしてでしょうか」

身体的な問題ではなく精神的な問題であることがすぐに判明する。

言葉では普段通り気丈に振舞っていても、身体《からだ》はそうじゃないってことか。

神室《かむろ》に気付かされた自らの心の変化がここにも現れているようだ。

「この姿は他の奴《やつ》には見せられないな」

「……そう、ですね……」

オレは歩けずに戸惑っている坂柳の左手を掴《つか》む。

先に待っていただけはあって、指先までとても冷えていた。

「だったら今だけ特別にオレがおまえの足になる。それなら問題なく歩けるはずだ」

「……すみません」

「いいさ。オレが始めた勝手なお節介だ」

それからオレたちは言葉を交わすことなく、ゆっくりと足取りを進めた。

やがて見えてくるドッグラン。

遠く、大木の陰に隠れるように立っていた山村《やまむら》を見つけ、坂柳《さかやなぎ》は戸惑いつつもゆっくりと手を挙げて自身の存在をアピールする。オレが背中を軽く触れるように押すと、杖《つえ》をつきながら、しかし自分の足で歩き出した。

ここから先は、オレの立ち入る領域じゃない。

坂柳と山村が2人で話して、それぞれの解決策を模索していくしかない。

明るい未来を期待して、オレは背を向けるとこの場から去った。

こうして3泊4日の交流会が終わりを迎える。

○挑戦者は誰だ

人間関係に変化をもたらした交流会も終わり、またいつもの学校生活が再開する。

最近の朝は、いつも恵《けい》と部屋やロビーで待ち合わせをして通学するのが恒例となっていたが、今日は違う。いつもよりも20分ほど早い時間、1人部屋を出る。

エレベーターからロビーに降り、そして外に出た。

強めの風が吹いていることもあり今日はやけに冷え込むな。

間もなく、2月も終わりになる。

来月は今までになく、忙しくなるだろう。

まず、軽井沢《かるいざわ》恵に関する問題を処理すること。

これは特別なことは何も必要ない。

ただ当初の予定通り、粛々と処理を進めるだけでいいからだ。

次に、一之瀬《いちのせ》帆波《ほなみ》に関する問題。

4クラスの中でも突出したものがなく、今後3クラスと渡り合うことが苦しいと見ていたクラスのリーダー。

その読みは当たっていて、2年生の終わりが近づいた今Dクラスに低迷している。

ただし……恵の問題とは異なり軌道の修正が必要になるかも知れない。

結論を出すのは学年末試験の結果が出た後でいいだろう。

一之瀬がどんな成長を見せようとも大筋に変更はない。

当初の目論《もくろ》み通り計画を進めればいいと考えていた。

しかし———。

1つだけ、予定にはない問題が発生した。

これによりオレの計画は、強制的に変更を加えざるを得なくなった。

それによる弊害も出ることは避けられないが、変更は悪いことばかりではない。

通学路を歩き始めてすぐにオレは一度足を止める。

「早いな」

視界の先に、待ち合わせの人物を見つけたからだ。

まだ予定の時刻まで少しあったが、もう待機しているとは。

こちらには気付いておらず、時折寒そうに白い息を吐いていたが、程なくしてこちらの視線に気付く。

「おはよう綾小路《あやのこうじ》くん」

近づいていくと、朝の挨拶が飛んできた。

「おはよう。朝早くに悪いな」

「別にいいのよ。それで私に話って何かしら？　電話では伝え辛《づら》いこと？」

クラスメイトとして当たり前のように連絡先を知っている関係。普通なら携帯1つでコンタクトを取り合える。

それをしなかったことに対する、ちょっとした疑問をぶつけられた。

「ある意味ではそうかもな」

堀北《ほりきた》はオレの隣に並び、やがて足並みを揃《そろ》えるように歩き出す。

「ある意味では？　何だか含みのある怖い言い方ね」

「そう警戒するものはない」

「本当かしら？」

疑うような目を向けてくるも、初めて出会った頃のようなトゲトゲしさはない。

自然な友人関係と表現しても差し支えないような、柔らかさも含まれている。

「堀北と話をするときは特別試験のことやクラスに関することが多い。だけど少しの時間だけ、そういったこととは関係のない話をしたくなることもある」

「ん？　ごめんなさい、ちょっと意味が分からなくて。どういうこと？」

言葉にしておいてなんだが、想像していたより不器用な発言だったと反省する。

もっと砕けた言い方も頭には浮かんでいたが、受け取り方次第では困らせると判断したからだ。

「利害に関係なく堀北と無意味な話をしたかった。こう言えば分かってもらえるか？」

「……なるほど？」

少しだけ考える素振りを見せたが、どうやら分かってもらえなかったらしい。

「折角《せっかく》堀北とはクラスメイトになったんだ。話せる機会が永遠にあるわけじゃない」

「永遠なんて大げさね。確かにそうだけれど、まだ卒業まで1年以上もあるのよ？　こんな呼び出し方をしなくても雑談くらいならいつでも付き合うわ」

「もし学年末試験でオレが退学したらそれも叶《かな》わなくなるだろ？」

「飛躍した話ね。あなたが退学することなんてないわ。と思ったけれど、常識問題を簡単に間違えるところを見てしまうと、案外可能性もあるのかしら……」

真面目に答えた後、自分で言ったことが可笑《おか》しかったのか少しだけ笑った。

「あなた、まさか自分が退学するかも知れないと不安を感じてるの？　それでこんな朝早くに話がしたいと……？」

「前回の特別試験がちょっとトラウマになってるからな」

「それならもう少し常識問題を覚えようとしたら？　勉強は得意なんだし」

苦手なところは分かっているんでしょう？と突っ込まれる。

「なら聞くが、堀北《ほりきた》はゲームやアニメの用語を勉強と同じように覚えられるか？」

「え？　……どうかしら。前に鬼塚《おにづか》くんに何かのゲームを押し売りされそうになった時にDP……何とかとか、DEFがどうとか、クールダウンが何とかと言っていたけれど、あの単語と意味は脳が覚えることを拒否したわね……」

「それと似たような感じだ。どうしても意欲的に覚えたいと思えない」

知識の吸収には貪欲なつもりだが、自分にもそういう選《よ》り好《ごの》みがあるということだ。

「大丈夫よ。ひいき目なくクラスの観点からあなたの存在は必要不可欠だもの。もし常識問題に襲われて苦しんでも必ずフォローする。つまりあなたが退学することはない」

堀北はそう、ハッキリと言い切った。

「それなら安心だな」

真面目にやり取りをしていた堀北だが、左手のチョップでペシッと肩を叩《たた》かれた。

「本当に自分の退学を心配している？　そうは見えないわね。本題は何？」

「実は自分のことじゃなく堀北が退学する可能性の方を危惧してたりしてな」

「そっちの方が現実としてありそうね」

ムッと怒ったような顔を見せつつも、本気でないようですぐに元に戻る。

入学した頃と比較すれば、堀北の喜怒哀楽も随分とバリエーションを増やしたな。

「前回の特別試験は神室《かむろ》の退学だけで済んだ。ただ、次はそれ以上になるかも知れない」

「……新しい退学者が出ると見ているのね」

「ああ。最低でも学年から1人。内容と展開次第じゃ数人消える可能性がある」

「……そんなに？」

「そう考えておくのがベターだ。学校も以前言ってただろ、オレたち2年生は退学者が出ない、少ない状態で学校生活が進行していると」

「だから退学者を増やすような試験を強行する？　それは……ちょっと横暴というものよ。私たちの学年にそれだけ隙がなかった。本来は良《い》いことのはずよ」

　確かに前向きに捉えるならそうだ。

　しかし、篩《ふるい》というものは時として強引に必要とされることもある。

「外部からの見え方次第だろうな。例えばこの学校の運営には政府も関与している。仮に1年に10人落とすことが目標と定められていたら、オレたち2年生はその水準を満たさなかったことになる。単純に優秀な年代だと受け止めてくれればいいが、上に立つ人間がどこまでその細かな数字を把握し、認めているかは未知数だからな」

「政府の決めた方針に沿うように、指導を厳しくすると？」

「実際に去年は、退学者が出なかったことで無理やり0を1に変えられた。学年末の特別試験で複数人が退学になってもオレは驚かない」

　冬休みの3年生の忠告。あれも生存と脱落の特別試験だけに向けられたものではないのではないだろうか。しかし実のところ3年生も2年生の今後のことなど聞かされてはいないはず。

「考えすぎ……とはならない？」

「もちろん憶測だ。現状見える観点からそう感じられるだけで、具体的な根拠を示すことは出来ない」

「だったら、そうね。あなたにもしっかり働いてもらいたいところだわ」

本気半分、冗談半分で協力を要請してくる。

それに対する今回のオレの答えは、もう決まっている。

「学年末で手を貸せる場面があるなら、出来る限りの協力はするつもりだ」

「それはまた随分とあなたらしくない答えよね。特訓といい最近、ちょっとやけに協力的過ぎる気がするのだけれど。天沢《あまさわ》さんとの件だって、嫌な顔一つしなかったし」

「これまで任せっぱなしにしていた部分も多い。少しくらいは手を貸しておかないとな」

「それは殊勝な心掛けね。でも……やっぱりあなたらしくないわね。そんな風に協力的になるなんて」

「どうかな。何か落とし穴があるかもな」

「出来ればそれは勘弁してほしいわ」

ここまで話したところでオレと堀北《ほりきた》は目が合った。

そして多分、また同時に同じことを考えたんじゃないだろうか。

「ふふ、あなたが雑談しようと誘ってくれたのに、結局試験の話をしてる」

「だな。これじゃ呼び出した意味がない。よし、試験の話は終わりだ」

そう言ってオレは一度この話題を終わらせる。

「結果は櫛田《くしだ》に聞いてたが、天沢には善戦したが負けたそうだな」

「やっぱり強いわね彼女。恥を捨てて2対1で戦っても、結局勝てなかったわ」

だが数発叩《たた》き込《こ》んで、天沢が2人を評価していたことは聞き及んでいる。

「次はもっと良《い》い勝負が出来るはずだ」

「2対1で？」

「嫌か」

「それはそうよ。伊吹《いぶき》さんも言っていたわ、二度と私とは組まないって」

「大丈夫だ。あいつはすぐに色んなことを忘れる」

それは言い過ぎよ、と堀北が笑う。

「そう言えば、戦い始めてすぐ天沢さんはあなたの影響には気付いたみたい。だけど随分と嬉《うれ》しそうだった。あなたと彼女はどんな関係なの？」

「元カノだ」

「それは本気で言ってる？　それとも冗談？」

「悪い冗談だ」

「だとしたら全く面白くは無いわね」

手厳しい答えが返って来た。

「いつか綾小路《あやのこうじ》くんの口から、色々と本当のことを聞かせてもらいたいわね」

「考えておく。けど期待は――――」

「していないわ」

答えて堀北《ほりきた》は目を細めて笑った。

短い間に、色を変えながらも笑顔を見せる堀北。

オレもまた堀北に、色々と教わっているということだろう。

こんな両者の関係も、あと少しで終わる。

堀北はこの先、これまでにない苦しい経験をすることもあるだろう。

だが不安を抱え続ける必要はない。

その先は自分自身の成長、そしてクラスメイトの仲間が支え導いてくれるはずだ。

1

堀北との通学、そして交流会よりも時間を少しだけ巻き戻す。

交流会が行われる少し前、救いを求めて橋本《はしもと》が部屋に来た時のことだ。

何故《なぜ》橋本が、一見無鉄砲とも思える裏切り行為を行ったのか。

どうしてリスクを負ってまで、あのタイミングだったのか。

その経緯が当人の口から多く語られた。


「――この先を聞いてもらう前に、綾小路にどうしても確認したいことがある」

そう切り出した橋本には並々ならぬ決意があったことだろう。

確認したいこと。

それはオレが今どれだけの情報を持っているのかだった。

それがこの男の中で欠かせない重要なファクター。

「俺は前回の特別試験よりずっと前から龍園《りゅうえん》に裏切りを誘われていたんだ。一時的に手を組むとかそんなレベルじゃなく、クラスを移動する前提でな」

当たり前だがAクラスに在籍する橋本が、龍園クラスに移動するメリットはない。

葛城《かつらぎ》のように居場所を失《な》くしたケースなどは別として、ずっと前からということならその当時のAクラスは今よりも安定した地位を確立していたはず。

「もちろんそんな誘い、最初は本気にしなかった。だが直後に龍園から聞かされたのさ。

クラスを移動しなきゃおまえは学年末で絶対に後悔するってな」

「後悔？　龍園《りゅうえん》自身が自分が勝つと確信しているからか？」

「その様子じゃ、流石《さすが》のおまえも知らないんだな。龍園と坂柳《さかやなぎ》が取り決めた賭けの内容について」

「賭けか。当てはまるかは分からないが、前回の無人島試験でちょっとしたやり取りがあったことは軽くは耳にしてる。生憎《あいにく》とその中身までは把握してない」

そう伝えると、それこそが事前に確認したかったことだと証明するように、橋本《はしもと》が指を擦《こす》り合わせて音を鳴らした。

「良かったぜ。それならここに来た意味もあったってもんさ」

話の要点が合致したことを受け、橋本が微《かす》かに口角を上げて笑う。

そして橋本は、両者の間に交わされた賭けの内容を詳細に口にした。

「最初に聞かされた時は冗談かとも思ったが、どうやらガチだってことが分かった」

「なるほど。生存と脱落の特別試験で、おまえに裏切るキッカケが生まれたのはその時か」

一朝一夕の思い付きでなかったことが、この段階になって明確にされる。

「賭けそのものを疑うのも無理はないだろ？　どう考えても坂柳の方が不都合が多い」

「そうだな。ただ坂柳なら不都合を理由に、賭けを受けない選択を選ばない」

龍園に負けず劣らず、最終的な自身の勝利を信じて疑わないタイプだ。

「単に坂柳《さかやなぎ》が譲歩したのか、それとも一定の条件を付けたのか、どっちだと思う?」

橋本《はしもと》は溢《あふ》れ出《で》てくる感情を抑え切れず、前のめりにそう聞いてきた。

「どちらも考えられるが、賭けの内容はいずれ明るみに出る。そのことを踏まえれば後者でなければならない。龍園《りゅうえん》サイドにはプライベートポイントを積ませたんだろう」

「いいね。話が早い。そう、それなら調整は幾らでもできるからな」

「この賭けの話を当事者と橋本以外に知っているのは?」

「龍園が嘘《うそ》をついてなきゃいない。おまえが4人目さ。ま、下手に漏らして賭けが消えることをどっちも嫌うだろうからな」

その推察は恐らく当たっている。公にするのは全てを確定させた後が好ましい。

唯一、龍園が罠《わな》を張るために橋本にだけは漏らしたが、それも相当なリスクを負っていたはずだ。

無人島試験が終わった頃だとすれば、あれからもう半年ほど経過している。

「長かったぜ……この日が来るまで」

秘密を誰にも伝えないまま、橋本は1人で悩み続けていたということだ。

「坂柳が勝つのか龍園が勝つのか。正直俺には判断なんてつかなかった。……いや、少しだけ坂柳の方が勝つんじゃないかとは考えてた」

一瞬嘘をついた自分を訂正するように、すぐにそう橋本は言い直した。

「けど、それでも55対45とかそういう感じさ。マジな話決め手には欠けるだろ？」

それには同意する。

9対1や最悪7対3くらいでなければ勝負はどう転ぶか分からない。

「だからずっと決め手を探してた。そして決め手にしようと思ったのが――」

ゆっくりと橋本の視線がオレに向けられる。

「オレだと？」

「綾小路《あやのこうじ》が坂柳についてくれるなら、もう迷わず今のクラスと心中する覚悟を持つつもりだった。だから俺は坂柳に進言したのさ……仲間に引き入れてくれってな」

そして坂柳は拒否した。

だから裏切ることを決めた……と？

この話には筋が通っているようでいて、その芯となる部分はまだ不透明だ。

坂柳と龍園の対決の結果が読めないことは分かる。

オレが加入すれば坂柳が勝てると考えたのも分かる。

だが余りに無謀すぎることに変わりはない。

「俺は龍園を勝たせる。学年末の特別試験がどんな内容であれ、俺は徹底的にアシストに徹する。この機会を逃せば、消えるのは十中八九俺になるからな」

もちろん坂柳も橋本を最大限警戒し、情報は一切渡さないだろう。

それでもクラスから確定で裏切り者が出るとなれば、どうしてもハンデを背負う。

仮にクラスメイト全員のテストによる合計点が勝敗を左右する場合、橋本《はしもと》が0点を意図的に取るだけで相当苦しい展開になる。

「坂柳《さかやなぎ》が俺の指示に従ってくれたなら、俺は学年末で今度は龍園《りゅうえん》を裏切って坂柳につくつもりだった。それが前回の特別試験で裏切る前か後かは別としてな」

気迫を含んだ物言いこそしているがどこまで真実を語っているかは分からない。

今、橋本の言葉を聞いて伝わって来る確かなことは、この男の語る全てが曖昧であることだけだ。

「龍園を勝たせる気なのは結構だが、坂柳と同じ提案はしてみたのか？」

「綾小路《あやのこうじ》を引き入れる件だろ？　したさ、当然。その答えは坂柳と一緒だった。ただし条件次第ってのがついたけどな。学年末試験で坂柳を倒せたら、綾小路と俺を自分のクラスに引き抜くってな」

そんなことを龍園が？

これまでの経緯を踏まえれば龍園も坂柳と同じ。

オレを仲間に引き入れて勝とうとするような人間でないことは、分かりきっている。

それに他クラスの生徒2人を引き入れるには4000万もの大金が必要になる。

橋本は、龍園の浅はかな嘘《うそ》に惑わされてしまったということか？

いや——そうじゃないんだろう。

目の前の橋本は全ての真実を語っているわけじゃない。

オレが橋本という人間であったなら、この無謀な裏切りの裏には自分が助かるためのレールを用意して必ず万全な状態にしておく。綾小路清隆《きよたか》という存在が意中のクラスに移動するかも分からない中で、それを裏切りの決め手などにしたりはしない。

坂柳を裏切ることで得られる見返りが莫大《ばくだい》でなければおかしい。


2000万プライベートポイントを譲渡する契約——。


それなら一本の筋が通る。

坂柳を学年末試験で倒すことに加担し手柄をあげれば、その権利を龍園から得る。

これならば、裏切りという大きな代償を犯してでもチャレンジする価値がある。

今すぐにその大金を龍園には用意できずとも、毎月クラスに入るプライベートポイントを集めさせれば卒業までに十分支払い可能な金額だ。

結局のところ、橋本にとってはどちらのクラスが勝つのか、オレの所在がどこであるかなど本当はどうでもいいこと。最終的にAクラスになれる権利を自分が有していれば、それが橋本の勝利になる。

全ては自分のため。

幾つも頭の中でシミュレートしたパターンから選び出した答え。

橋本《はしもと》は生存と脱落の特別試験で裏切ることによって、坂柳《さかやなぎ》の真意を確かめた。

ここでオレを受け入れると判断すれば流れは簡単だ。Ａクラス全員からプライベートポイントを集めさせれば、２０００万ポイントには楽に届く可能性が高い。それをオレに提示しクラス移動が受け入れられれば、橋本は坂柳とオレの２枚看板で戦う道を選べばいい。

拒否されたなら、龍園《りゅうえん》と密約を交わし２０００万プライベートポイントを得ればいい。

ただし後者はＡクラス卒業の一点においては優位性があるものの、裏切り行為によって自らの退学リスクを負うことは避けられない。坂柳が敵になるだけではなく、第三者から狙われる危険性も抱えることになるからだ。

オレにこうして近づいてきて裏切りの詳細を語ったのも、全て自分のためだ。

「おまえはオレに何を望むんだ？」

そう問いかけると、橋本は緊張した面持ちながらもニヤリと笑った。

2

交流合宿も終わり、緩やかに、されど確実に過ぎていく時間の中で。

進路相談室のソファーに腰をかけ、待ち人が来る時を静かに過ごしていた坂柳。

その傍《そば》には訝《いぶか》しげに腕を組んで立つ担任教師、真嶋《ましま》の姿もあった。

「ここで一体、誰と何の話をするつもりだ」

何も聞かされないままこの場に連れてこられた真嶋は、答えを求め視線を送る。

事情こそ理解しないまでも、いつもとは違う異常さは確かに感じ取っていた。

「落ち着きがありませんね真嶋先生。心配せずともすぐに分かることです」

「しかしだな……」

2人で入室してから既に10分以上が経過している。

「──来ましたね」

直後に坂柳は感じ取った。

扉に手がかけられる瞬間に、その男が現れることを。

「5分の遅刻ですよ。龍園くん」

「主役は遅れて登場するってのが相場だ」

相談室の扉を開けたのは、龍園翔《かける》。

そしてその後ろには担任である坂上《さかがみ》の姿もあった。

「これはどういうことですか？　真嶋先生」

「さあ……。私にも状況を測りかねているところです」

鉢合わせた2人の教師は状況が呑《の》み込《こ》めないまま、不思議そうに顔を見合わせる。

龍園《りゅうえん》は坂柳《さかやなぎ》が座るソファーの前に、大股を開いて座った。

生徒2人が腰かけ、教師が立ちっぱなしというおかしな状況が出来上がる。

「橋本《はしもと》くんをたぶらかすにしても、随分と思い切ったことをさせましたね」

坂柳が聞くと、龍園は間髪容《い》れず言い放つ。

「おまえの下じゃ不安で仕方ないんだろ、無理もねえさ」

「それだけなら良《い》いのですが。小賢《こざか》しい悪党の甘い言葉に誘惑でもされたんでしょう。嘘《うそ》を真実と信じ込み、真実を嘘だと思い込む。彼もまた犠牲者なのかも知れません」

互いの言葉の応酬が教師を置いてけぼりにしたまま始まる。

「沈んだ割には元気じゃねえか」

「確かに今までに経験したことのない感情を覚えたのは事実です。しかしそれで終わったと思っていたのであれば時期尚早でしたね」

「ククッ。綾小路《あやのこうじ》も余計なことをしてくれたもんだ」

交流会で綾小路が坂柳に接触していた事実を龍園は当然掴《つか》んでいる。

そして、交流会が終わった後に坂柳は立て直していた。

それを結びつけるのに複雑な推理は必要ない。

「あなたの言う通り――。私は彼に……綾小路くんに救われましたから」

真正面から坂柳の視線を受け止め、龍園は肌で感じ取った。

これまでの他人を見下すだけだったその視線に、変化が出ていることに。

対する坂柳も感じ取る。

目の前の男は出会った頃よりも更に一回り大きくなった信念を抱いていると。

「あなたも綾小路くんに救われたんですね」

「ハッ、笑わせんな。おまえとはいつまでも相容《あいい》れないわけだ。俺は綾小路に救われた覚えは無い。むしろ憎悪を貰《もら》ったのさ。復讐《ふくしゅう》するための憎悪をな」

踏みにじられた己の実力とプライド。

絶対の自信を持っていた土俵で、無残にも敗れ去った。

「なるほど、憎悪ですか。それがあなたをここにまで駆り立てたわけですね」

「おまえは違うってのか？」

問い返して来た龍園に、坂柳は思わず微笑《ほほえ》む。

「何が可笑《おか》しい」

「すみません。失礼な笑みに見えたのなら謝罪します。私は単純に嬉《うれ》しかったんです。あなたが見事、ここまでに至る過程で綾小路くんの実力に気付いてくれたことに」

橋本に対して激高した時と異なり、目の前の龍園はその身をもって経験している。

それならば資格はあるのだろうと思った。

いや、それだけではないのだと坂柳《さかやなぎ》は今の考えをすぐに改める。

神室《かむろ》と山村《やまむら》の一件を境に、自分の中で感情のスイッチに変化が出ているのだと。

「おまえはもっと早い段階から目を付けていたとでも言うのか？」

元々、坂柳が綾小路《あやのこうじ》に着目していたことは、周知の事実。

だがその最初の接触がどこだったのかを龍園《りゅうえん》は知らないため聞き出そうとする。

「ええ。生憎《あいにく》とこの学校で彼の存在を知ったあなたとは違い、私は幼少期から彼のことをずっとこの目で追い続けてきましたから」

そんな勝ち誇ったような態度に龍園の動きが止まる。

「……興味深い発言じゃねえか。あいつのガキの頃を知ってると？」

「よく知っていますよ。幼馴染《おさななじみ》のようなものだと私は解釈させて頂いています」

その発言を聞き、真嶋《ましま》も内心で以前坂柳が言っていた話を思い出していた。

そして、両者の間に割って入ることほど野暮《やぼ》なことはない。

「俺は綾小路に負けた。これまで何度負けても最後に勝ちゃいいと思っていたが、あの男はそんな不屈の精神を容赦なく打ち砕いてきやがった。毒気も抜かれるくらいにな」

しかしそこから1年以上の時間をかけ、再びその舞台に戻ろうとしている。

「動機は違えど、奇《く》しくも私と龍園くんの最終目標は同じというわけですね。私は彼と戦うことをあなたより遥《はる》か昔から願い続けてきた。残された学校生活は後たったの1年しかありませんから。その前に邪魔な存在には消えて頂かなければなりません」

「完全に同意見だ。さっさとおまえを倒して、俺は奴《やつ》に復讐《ふくしゅう》を果たす」

常に冷めた目で他人を見ていた坂柳は、確かに胸の内が熱くなっていくのを感じた。

龍園に対してではない。その先に待つ綾小路を想《おも》うからだ。

それは龍園も同じ。坂柳の先に待つ綾小路を倒すために感情が高ぶる。

「あなたの復讐は成就しない。その直前で躓《つまず》いてしまうことになるでしょう」

「おまえこそ王座で対決を待ち構えるつもりなんだろうが、その目論《もくろ》みは外れるのさ」

加熱していく応酬に、これ以上は黙っていられないと真嶋が割り込む。

「勝手に話を進めているようだが、そろそろ状況を説明してもらおうか」

「失礼いたしました」

やや憤慨した真嶋に対して、坂柳は柔らかに謝罪する。そしてこう口を開いた。

「これ以上時間を無駄にはしない方がいいでしょう。本題に入ってよろしいですね？」

「ああ、そうだな」

坂柳は教師2人を横並びにさせ、自身の方へと向き直らせる。

杖《つえ》を突きながら立ち上がる坂柳の前に、龍園も立ち上がり振り返る。

「私たちはこれから大きな賭けをします。並のことなら通常は口頭で。信用が置けない場合は契約書で何かしらの約束事を交わします。しかし今回は内容が内容なだけに、両クラスの担当教師に立ち会って頂くのが確実と判断しました」

会話を聞いていた経緯からも、真嶋《ましま》と坂上《さかがみ》共に緊張が走る。

「おまえたちの間で何を取り決めるつもりなんだ」

坂柳《さかやなぎ》がその賭けの内容を宣言する。


「学年末試験、敗者はこの学校を去る――。ということです」


「敗者は、去る……？　何を言っている。まだ試験の内容もそのルールも発表していない。この段階で退学者を出す仕組みかどうかも分かっていないんだぞ」

混乱しつつも、対戦相手から退学を出せる保証は無いと口調荒く答える。

「真嶋先生、何を勘違いなさっているのですか？　内容やルールなどは一切関係ありません。あくまで私たちが賭けの対象とするのは学年末特別試験の勝敗のみ。その結果、負けた者が自主的に退学する。それだけのことですよ」

「おまえら教師を証人にしたのは確実性を持たせるためだ。坂柳が泣いても喚《わめ》いても、契約に従って退学の処理を進めろ。もちろん万が一俺が負けた場合も同様にな」

両者、１００％退路を断ち、敗北した際の退学を受け入れるという危険な条件。

滞りなく遂行するために、強制力を持つ学校側の協力が必要不可欠だ。

事態を呑《の》み込《こ》んだ真嶋は言葉を発しようとしたがすぐには出てこない。

「本当にそんな賭けをするつもりですか？　あなたにはプロテクトポイントが――」

真嶋に比べ落ち着きのあった坂上が、疑問点を口にする。

「自主退学にプロテクトポイントの意味はありません。一応、公平性を期するためにプロテクトポイントの差を埋めるためプライベートポイントを追加で要求することは決まっていますが、額は最低限に抑えてあります。お金まで取り上げてしまったら彼のクラスには本当に何も残りませんから」

「捕らぬ狸《たぬき》の皮算用って奴《やつ》だ。おまえが負けりゃ金の計算なんて無駄だからな」

これが冗談ではなく、これから行われる契約が本気であると理解した真嶋。

姿勢を正し厳しい表情を作る。

「2人共、本当にいいんだな？　我々が承諾すれば学年末の結果を受け、強制的に退学を執行しなければならなくなる。どちらもクラスにとってリーダーの役割を担う重要なポジションだ。大きな混乱は避けられない」

「ええ。敗北したクラスの立て直しは困難を極め事実上修復は不可能でしょう。つまり3年生への進級を前にして四つ巴《どもえ》の争いから脱落してしまうことは避けられません」

その言葉を口にしながら、坂柳は再び綾小路《あやのこうじ》を思い浮かべる。

綾小路が理想とする4クラスの競い合いは、龍園《りゅうえん》との賭けが取り決められた時点で不可能となっていた。仮に綾小路《あやのこうじ》が移籍して戦力のバランスを取る方向へ舵《かじ》を切るとしても、没落しかけている一之瀬《いちのせ》クラスも踏まえれば手が足らない。

「引き分けになって賭けが無効になることを望んだりしないでくださいね？」

「引き分けなんて認めねえよ。もしもそうなったら、おまえが神室《かむろ》を切り捨てたようにくじでもして決めりゃいい」

「それもまた一興。楽しみにしておきましょう」

退路を断つ両者だが、引き分けの結果など最初から想定していない。

あるのは勝利か敗北か。

表裏一体の関係だけ。

坂柳《さかやなぎ》と龍園《りゅうえん》が認め、両担任が把握した時点で賭けは正式に成立した。

敗者が消える。

退学を賭けた逃げ場のない学年末特別試験が——間もなく幕を開ける。

あとがき

何とか今回は4ヵ月で発売することが出来ました、ヘルニアの衣笠《きぬがさ》です。

皆様今年もどうぞよろしくお願いいたします。

1年は本当に早いと言いますか、気付けば今年の春から子供の1人が小学生になるんですよね。

幼稚園や保育園で毎日全力で遊ぶことが子供の社会的役目だと思っていますが、それがいよいよ勉強を含めた社会に飛び込んでいくなんて……。親としては期待半分、心配半分といったところです。

と、自分の話はいったんここまでにしておいて、『よう実』の話も少し。

前回に引き続き2年生編の3学期に物語は突入しております。前回のちょっとハードな展開から、今回はちょっと緩い感じでお届けさせていただきました。

そして次回はいよいよ2年生編最後の特別試験、学年末特別試験編となります。

既に本編を読み終えた方はご理解していることと思いますが、ここまでのメインキャラクターにも大きく影響を及ぼすストーリーを予定しています。

そして現在『よう実』TVアニメ3rd Seasonが放送中です。

そちらの方も合わせてチェックして頂けると嬉《うれ》しいです！

さて最後に……冒頭でも書きましたが首のヘルニアの状態について。

これればかりはどうしようもない日々が続いており、仕事のペースがかなりダウンしている現状となっております。痛みが辛《つら》く椅子に座るのも嫌だったりします。

健康な時に仕事の時間6、休息の時間4の割合だったとすると、仕事を9、休息を1にして速度の低下を何とかカバーして参りました。

しかしいつまでもこの割合を続けられずはずもなく、流石《さすが》に身体《からだ》も限界かなと……。

なのでこの先少しだけ完全な休養を取って、回復に専念しようかなと検討しているところであります。

その場合、次の巻の発売が遅れることは避けられないかも知れません。

復活した際には今まで以上に頑張る所存ですので、何卒ご理解頂けますと幸いです。

『よう実』は当然1番に。でもそれ以外にもやりたいこと、私沢山あります。

それでは皆様、出来る限り早い再会を祈って——またね！

MF文庫J

ようこそ実力至上主義の教室へ 2年生編11

2024年 2月25日 初版発行
2024年 5月 5日 3版発行

著者 衣笠彰梧

発行者 山下直久

発行 株式会社 KADOKAWA
〒102-8177 東京都千代田区富士見2-13-3
0570-002-301（ナビダイヤル）

印刷 株式会社広済堂ネクスト

製本 株式会社広済堂ネクスト

Printed in Japan ISBN 978-4-04-683349-5 C0193

●お問い合わせ
https://www.kadokawa.co.jp/（「お問い合わせ」へお進みください）
※内容によっては、お答えできない場合があります。
※サポートは日本国内のみとさせていただきます。
※Japanese text only

◇◇◇

【 ファンレター、作品のご感想をお待ちしています 】
〒102-0071 東京都千代田区富士見2-13-12
株式会社KADOKAWA MF文庫J編集部気付「衣笠彰梧先生」係 「トモセシュンサク先生」係